Auf der Suche nach dem unbekannten Vater

Ein deutsch – serbisches Schicksal

Meiner Mutter

Frida

sowie meinen Vätern

Vitomir und Rudolf

gewidmet

Wolfgang Petzold

Auf der Suche nach dem unbekannten Vater

Ein Kriegskind erforscht die unglaubliche Geschichte seiner Herkunft

- *Ein deutsch-serbisches Schicksal -*
- *Die Wahrheit kommt immer ans Licht -*

Bibliografische Information der Deutschen Nationalbibliothek:

Die Deutsche Nationalbibliothek verzeichnet diese Publikation in der Deutschen Nationalbibliografie; detaillierte bibliografische Daten sind im Internet über http://dnb.dnb.de abrufbar.

Herstellung und Verlag:
BoD – Books on Demand, Norderstedt

ISBN:978-3-7386-3266-8

Inhaltsverzeichnis

Kapitel 1 – Prolog

Mit 71 Jahren kann ich auf ein erfülltes und außergewöhnlich bewegtes Leben zurückblicken. Ob es nun die Kindheit, meine Sturm- und Drang-Jahre, die Vor- und Nachwendezeit oder meine vielen Auslandseinsätze mit der Bundeswehr waren – all das war nichts gegen die einmalige und kaum fassbare Geschichte, die im Sommer 2011 begann und zum jetzigen Zeitpunkt seine Fortsetzung findet.

In meinem Buch „Jahrgang 44" (erschienen im Juli 2014 zu meinem 70.Geburtstag) habe ich mein gesamtes bisheriges Leben mit all meinen Stärken und Schwächen den Lesern offeriert. Es hat trotz fehlender Werbung durch Verlage und Sponsoren einen relativ breiten Leserkreis gefunden. Als Höhepunkt meines Lebens sehe ich aber die folgende Geschichte an, die mein bisheriges Dasein abrundet und mir ganz neue Sichten auf meine Vergangenheit aufzeigt.

Den Lesern möchte ich das Gefühl vermitteln, dass hier ein Stück deutscher Geschichte der letzten 74 Jahre in den Mittelpunkt gerückt wird, die heute aktueller denn je ist. Ich will Menschen mit ähnlichen Schicksalen den Mut und die Kraft geben, auch nach vielen Jahren nach ihren wahren Wurzeln zu suchen. Denn jeder Mensch hat das Recht, seine Herkunft zu kennen.

Außerdem möchte ich das vernachlässigte Thema „Kinder von Kriegsgefangenen" in das öffentliche Interesse rücken. Überall, wo ich im Fernsehen, in den Zeitungen und bei Lesungen zugegen war, wurde mir bescheinigt, dass ich zwar ein erstaunlich außergewöhnliches Schicksal aufzuweisen habe, eine öffentliche künstlerische Verarbeitung als Spiel- oder Dokumentarfilm aber aus Kostengründen   keine Berücksichtigung finden kann. Allerdings hat der MDR am Ort des

Geschehens - Kühnhaide bei Zwönitz - eine sehenswerte Dokumentation darüber gedreht, die aber leider nur als Kurzvideo zu sehen war.

Hier also mit dem vorliegenden Buch ein erneuter Versuch, eine breite Leserschaft mit meinem Anliegen zu erreichen. Ich habe bewusst viele Fotos und Dokumente eingesetzt, um authentische Belege für meine Geschichte zu erbringen. Die vielen Namen und Daten sollen nicht irritieren, sondern meinen Kindern und deren Nachfahren wichtige Lebensdaten vermitteln.

Die letzten vier Jahre werde ich chronologisch vorüberziehen lassen, weil dies die beste Methode ist, um zu verstehen, was von 1941 bis jetzt geschehen ist. Mit den Rückblenden auf persönliche und historische Hintergründe möchte ich Zusammenhänge verdeutlichen. Diese basieren auf akribischen Recherchen, die ich im Laufe der letzten vier Jahre durchgeführt habe.

Ich danke auch den vielen Menschen, Institutionen und öffentlichen Medien in Deutschland, in Serbien und in der Schweiz, die mir bei der Suche nach meinem Vater geholfen haben. An erster Stelle gebührt aber meiner Frau Ilse der höchste Dank, weil sie mich in schier ausweglosen Situationen immer wieder bestärkt hat, weiterzuforschen.

Allen Menschen, egal welcher Nationalität, die in solch schwerer Zeit in Liebe zueinander gefunden haben, gilt meine tiefste Zuneigung und Hochachtung.

Ihnen will ich mit meiner Geschichte ein Denkmal setzen.

Dresden, im Oktober 2015

Kapitel 2 – Historische Rückblende

Wir schreiben das Jahr 1941, konkret den 06.April. Hitlers Luftwaffe bombardiert die Hauptstadt Serbiens, Belgrad. Zehntausende Menschen verlieren dabei ihr Leben. Innerhalb weniger Tage kapituliert Serbien am 18. April vor der übermächtigen deutschen Militärmaschinerie. Etwa 250.000 serbische Soldaten geraten in Gefangenschaft, wobei ca.150.000 nach Deutschland deportiert werden. Diese werden zur Zwangsarbeit in Betrieben, vor allem aber auf dem Land bei Bauern eingesetzt.

28 von ihnen gelangten in das kleine Dorf Kühnhaide/Zwönitz Kreis Aue. In diesem Dorf wurde ich am 23.Juli 1944 geboren. Bei meinen Nachforschungen der Lebenswege von etwa 20 Gefangenen bin ich auf historische Ereignisse gestoßen, die mich auch heute noch am Menschen zweifeln lassen. Wozu dieser fähig sein kann, hier nur einige Beispiele:

Gleich zu Beginn des Jugoslawien/Serben-Feldzuges wurden in den Städten Kraljevo 1.700 und Kragujevac 2.300 unschuldige und unbeteiligte Menschen umgebracht. Ein ganzes Gymnasium mit über 300 Schülern und Lehrern exekutierte man. Aus Pancevo, Smederevka Palanka und Selevac sind mir ebensolche Greueltaten bekannt geworden. Insgesamt wurden auf dem Territorium Serbiens 80.000 Menschen als Geiseln durch die Wehrmacht vernichtet, ein großer Teil davon Juden. Fast 2 Millionen Menschen in Jugoslawien/Serbien (das sind etwa 10 % der damaligen Bevölkerung) verloren durch den Zweiten Weltkrieg ihr Leben.

Die in deutsche Gefangenschaft geratenen serbischen Soldaten hatten demgegenüber eine vergleichsweise „bessere" Aussicht aufs Überleben. Wie in den letzten Jahren erst bekannt geworden, hatten viele von ihnen die Wahl, an der Seite der deutschen Wehrmacht bei den blutigen Schlachten verheizt zu werden oder in Gefangenschaft zu gehen. Die meisten von ihnen sind diesen vermeintlich besseren Weg gegangen. Wie in Kühnhaide wurden die Serben zwar als Gefangene behandelt und waren auch all diesen menschenunwürdigen Prozeduren ausgesetzt, hatten aber eine gute Chance, nach Hause zurückzukehren. Da die serbischen Gefangenen in der Regel die deutschen Hausherren, die an der Front oder gefallen waren, auf dem Bauernhof ersetzten und nach Aussagen von noch lebenden Zeitzeugen fleißig arbeiteten und die täglichen Abläufe auf den Höfen mit bestimmten, blieb es nicht aus, dass sich in dieser Zeit zwischenmenschliche Beziehungen anbahnten. Diese waren natürlich bei strengster Strafe verboten, wurden aber meist geheim gehalten, was sich für meine Recherchen auch noch nach so vielen Jahren als sehr schwierig erwies. Selbst nach über 70 Jahren ist es in diesem Dorf ein großes Tabu, worüber nicht geredet wird. Ich hatte dennoch Glück, das Vertrauen etlicher Einwohner gewonnen zu haben.

Die meisten serbischen Kriegsgefangenen gerieten bis zum 19.Juli 1941 bei Sarajevo in Gefangenschaft, u.a. auch Vater Svetozar (*1897) und Sohn Radojica (*1919) Miljkovic. Erst nach dem Krieg haben sie erfahren, dass sie gleichzeitig 4 Jahre in deutschen Lagern inhaftiert waren; der Vater im Stalag VI D (Dortmund), Nürnberg-Langwasser und im Offizierslager XIII B (Hammelburg) und der Sohn im Stalag VIII A (Oberlausitz, Görlitz) und zuletzt Stalag IV B (Mühlberg, bei Dresden).

Von Radojicas Töchtern Branislava und Natalija habe ich in Erfahrung gebracht, dass ihr Vater Radojica 1941 einer Exekution nur knapp entgangen ist. Er war zu einem Kurzbesuch bei seinen Eltern in Smederevka Palanka und hat mit ansehen müssen, wie unbeteiligte Menschen wahllos zusammengetrieben wurden. Ich habe Filmaufnahmen des deutschen Wehrmachtsfotografen Gerhard Gronefeld gesehen, die eine solch unfassbare Grausamkeit bei Verbrechen in Pancevo dokumentierten. Er selbst sprach mit Fassungslosigkeit von seinen gemachten Filmdokumenten.

Zur Erinnerung und auch als Mahnung habe ich die Schicksale der serbischen Gefangenen und auch meine Geschichte in den Mittelpunkt gestellt.

Den Weg dieser folgenden serbischen Kriegsgefangenen erforschte ich besonders akribisch. Diesen Namen wird der Leser im Laufe meiner Ausführungen noch öfters begegnen.
Ich danke euch, meine lieben serbischen „Landsleute", die ihr in schlimmer Zeit so viel Menschlichkeit, Mut, Bescheidenheit und Liebe bewahrt habt:

Feldwebel	Precanica, Milan
Feldwebel	Jovanovic, Zivko
Unteroffizier	Colic, Velizar
Obermaat	Simic, Slavoljub
Soldat	Boskovic, Vitomir
Soldat	Vrancevic, Vojislav
Soldat	Jovanovic, Vlastimir
Soldat	Miljkovic, Radojica (genannt „Zeppelin")

Ein Gedicht von „Zeppelin", das um das Jahr 1943 entstanden sein muss, legt Zeugnis ab von der Sehnsucht junger Menschen nach ihrer Heimat und ihren Lieben.

Ein wahrlich historisches Zeitdokument:

uspomena.

Kao cvetak koji pada
Kad ga ljuta zima srlada
Tako naša mladost strada
Napojena s'puno jada.

Radoica Miljković

ERINNERUNG

Wie ein Blümchen fällt
Im kalten Winter
So vergeht auch unsre Jugend
Und wird mit großem Schmerz ertränkt.

Gruppenfoto aller 28 Serben in Kühnhaide - Winter 41/42

Auf die Rückseite dieses Fotos hat Radojica Miljkovic
sein Gedicht geschrieben.

Verabschiedung der Serben am 09.Mai 1945

Heuernte: 3 Bäuerinnen und eine Serbe

Unterkunft der serbischen Kriegsgefangenen, wie
sie noch im Jahre 2011 fast unverändert aussah

Kontroll-Bezirk:

Stollberg

Arbeits-Kommando:
Kr. Gef. Arbt. Kdo.
Kühnhaide 54 b
Post Zwönitz

Name: *Simrè*   Vorname: *Slavoljub*   Erk.-M.: *83391* IV B

Dienstgrad: *Bootsmaat*   Nationalität: *Serbien*

Geb. am: *26. 3. 1919*   in *Okletac*

Wohnhaft: *Schabac*   Beruf: *Marinesoldat*

Sprachkenntnisse: *serbisch. — gebr. deutsch*

Personal-Beschreibung

Größe: *1.75 m*   Gestalt: *normal*   Gesicht: *rund*

Haar: *schwarz*   Bart: *keinen*   Augen: *braun*

Besondere Kennzeichen:

Uniform in Farbe:

Politische Einstellung:

Eingetroffen im Arb.-Kdo. wann? *15. 5. 1941*

Woher gekommen? *Mühlberg an der Elbe*

Abgegangen vom Arb.-Kdo. wann?

Wohin?

Warum? (Versetzung, Befehl vom KO. usw.):

       Bruno Gross, Kühnhaide 44 b

Hiesiger Arbeitgeber: *Paul Fonkhänel, Kühnhaide 83*

       Fritz Hübner, Kühnhaide 81 Bauer

       Willy Neubauer Kühnhaide 99.

Bei Flucht:

Geflohen wann? (Stunde, Minute)

Von wo?

Zu Fuß — Rad — Eisenbahn?

Vermutliche Fluchtrichtung:

M/1153

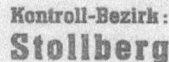

Erkennungskarte eines Gefangenen

Ersatzgeld für Gefangene

Kapitel 3 – Vorgeschichte

Goldene Hochzeit von Wolfgangs (links außen) Groß-
eltern

19 Jahre   70 Jahre

Beim Betrachten dieser Fotos kommt man nicht umhin, sich Gedanken zu seiner Abstammung zu machen. Leider habe ich das in meiner Jugend und schon gar nicht im reiferen Alter getan.

Aber, seit ich meine Frau Ilse kenne, gab es immer wieder einmal Nachfragen von ihr, weil ich so gar nicht in die Familie der „Kellers" und „Petzolds" hineinpasste.

Dieser ganzen Diskussion konnte ich jahrzehntelang erfolgreich aus dem Weg gehen. Ich sah auch überhaupt keine Veranlassung, an meiner Herkunft zu zweifeln.

Wenn man das Thema irgendwann auch nur andeutete, wurde immer behauptet, ich sehe aus wie Großmutter Martha aus Neudorf oder Großvater Reinhard aus Kühnhaide.

Mit Abstand von so vielen Jahren kann man auch heute keinerlei Ähnlichkeit erkennen. Aber ich kann mich noch gut daran erinnern, dass ich in meiner Jugend öfter einmal als Franzose oder Italiener angesehen wurde.

Meine liebe Tante Else, jetzt im schönen Alter von 91 Jahren, hat mich bei Familienfeiern in den 50er Jahren vor versammelter Mannschaft schon mal als charmanten Franzosen bezeichnet. Wusste sie vielleicht doch etwas über meine Herkunft? Warum sagte sie so etwas im Beisein meiner Eltern?

Für Ilse stand jedenfalls fest, dass meine Wurzeln im mediterranen Bereich liegen mussten. Sie vermutete sogar, dass ich eventuell in den Kriegs- und Nachkriegswirren adoptiert worden sein könnte oder einer meiner Vorfahren aus einem anderen Land stammt.

Als unsere Söhne Robert und Sascha geboren wurden, staunten selbst die Ärzte und Krankenschwestern über deren außergewöhnlich dunklen Teint, die schwarzen Haare und Augenbrauen.

Ein Ereignis Mitte der 90erJahre ist mir noch besonders im Gedächtnis haften geblieben.

Sascha wohnte mit seiner Familie in Berlin und hatte sich zu seinem Geburtstag etwas ganz Besonderes einfallen lassen: Er lud uns in ein wunderschönes türkisches Restaurant ein. Es wurde ein unvergessliches Erlebnis.

Da ich schon immer ziemlich freundlich und kommunikativ mit anderen Menschen umgehen konnte, kamen wir schnell mit dem überaus zuvorkommenden türkischen Kellner ins Gespräch. Er bediente uns sehr flott und war ständig an meiner Seite. Das machte mich schon ein wenig stutzig; bis zu dem Moment, da er mich persönlich lauthals und sehr ernsthaft ansprach: „Sagen Sie bitte, mein Herr, wann haben Sie wieder vor, zu Ihren Verwandten nach Anatolien zu fliegen?"

Wir fanden die Situation sehr lustig und Ilse sah sich in ihren Vermutungen bestätigt. Obwohl wir schon bezahlt hatten, saßen wir noch gute zwei Stunden fröhlich beisammen.

Von dieser Zeit an habe ich mich schon öfters gefragt, was denn an dieser ganzen Theorie stimmen könnte.

Sicherlich aus beruflichen und zeitlichen Gründen habe ich diese Gedankengänge vor mir hergeschoben. Erst ab etwa 2005 bekamen diese Überlegungen wieder Nahrung, nämlich als Ilse mit ihrer Ahnenforschung und der Erstellung ihres Stammbaumes tiefer in ihre und unsere Geschichte eintauchte.

So erforschte sie Mitte des Jahres 2011, dass sie direkte Nachfahrin des legendären Rechenmeisters Adam Ries in der 12. Generation ist. Als dann auch noch die Urkunden dazu vom Adam-Ries-Bund Annaberg eintrafen, gab es auch für mich kein Zögern mehr.

Meine liebe Ilse bedrängte mich sehr, die noch offenen Äste und Zweige meiner Vorfahren mit Leben zu erfüllen.

Das war sicher der Anstoß für mich, noch mehr als bisher über mein Leben in Erfahrung zu bringen.

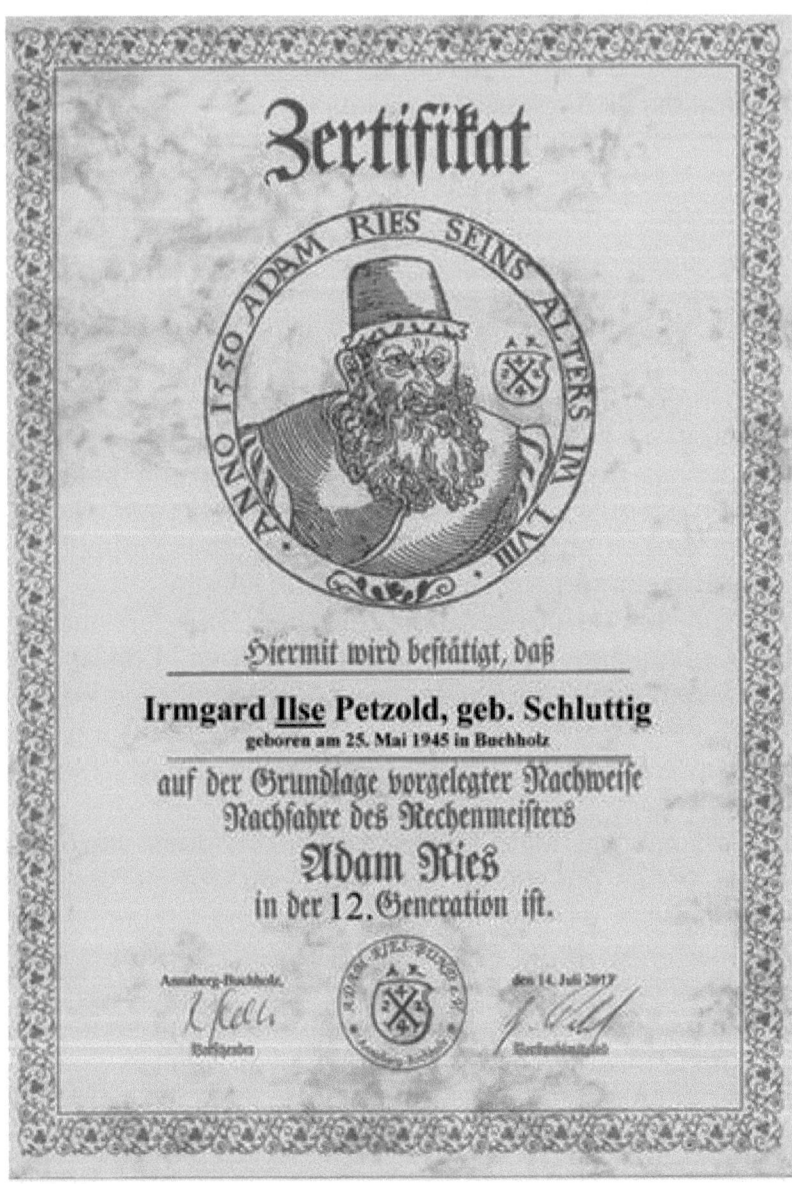

Zertifikat

Hiermit wird bestätigt, daß

Irmgard Ilse Petzold, geb. Schluttig

geboren am 25. Mai 1945 in Buchholz

auf der Grundlage vorgelegter Nachweise
Nachfahre des Rechenmeisters

Adam Ries

in der 12. Generation ist.

Annaberg-Buchholz,   den 14. Juli 2017

Vorsitzender   Rechenbüromeister

Von jetzt an befasste ich mich intensiver mit dieser Problematik und die Suche nach meinen Wurzeln begann.

Zuerst wurde natürlich im Internet recherchiert.

Ich habe erfahren, dass August der Starke um 1700 ein türkisches Regiment in Sachsen stationiert hatte. Danach war mir klar, dass meine Großmutter Martha aus Neudorf aus eben dieser Linie stammen musste, und ich demzufolge nun als türkischstämmig anzusehen war. Beim näheren Betrachten der alten Fotos konnten wir dies definitiv ausschließen, weil sie keinerlei mediterrane Züge aufzuweisen hatte. Wir haben aber noch in eine andere Richtung ermittelt.

Ein Hundefreund, den wir oft beim „Gassigehen" treffen, ist sehr belesen. Er kannte mein Anliegen.

Eines Tages zeigte er mir einen Zeitungsausschnitt der „SZ" mit einem Artikel über den sächsischen Bergbau zu Zeiten August des Starken. Dort war zu lesen, dass im 18.Jahrhundert die Bedeutung des Bergbaus rapide zunahm und extra dafür Bergleute eines kleines italienischen Volkstammes, genannt die „Walen", nach Sachsen kamen. Die Stollen wurden noch manuell vorangetrieben, so dass vorwiegend kleinere Menschen dafür geeignet waren. Solch hervorragend kleine Arbeiter wurden also aus Italien rekrutiert.

Fortan waren die „Walen" die Favoriten bei der Suche nach meinen Wurzeln, weil ja auch ich nur mittelgroß bin.
Es gab großes Gelächter, als ich Zeichnungen und Bilder von diesen Menschen zu Gesicht bekam. Mit Zipfelmützen als Kopfbedeckung krochen diese kleinen Italiener zu ihren Erzlagerstätten.

Quelle Wikipedia

Die ganze Geschichte bekam aber eine andere Wendung. Der Zufall stand Pate, und es begann eine unglaubliche Geschichte, die schon an ein Wunder grenzt.

Kapitel 4 – Wunder gibt es immer wieder – die Chronologie einer Odyssee

An einem wunderschönen Wochenende, am Sonnabend, den 16.Juli 2011, sollte meine ungewöhnliche Reise in die Vergangenheit beginnen. Ilse hatte es geschafft, mich aus meiner Lethargie zu holen und auf die Reise nach meinem Geburtsort Kühnhaide zu schicken, um Dokumente für meinen Teil des Stammbaumes zu finden. Wochen vorher hatte ich bereits in Neudorf/Kreis Annaberg einen Tag lang Nachforschungen über meine Vergangenheit angestellt. Diese brachten zwar einige familiäre Zusammenhänge zutage; auch Dokumente von früheren Verwandten der Petzolds und Königs. Aber meine dringendste Frage konnte nicht beantwortet werden. Freudestrahlend empfing mich also meine Tante Else, die ich sehr lang nicht mehr gesehen hatte. Sie holte eine große Kiste mit Fotos und Dokumenten hervor und war bereit, alle meine Fragen zu beantworten. Für mich kaum vorstellbar, wusste sie alle Daten der vielen Geschwister und engen Verwandten auswendig. Viele mir bis dahin verborgenen familiären Bindungen konnte ich neu zuordnen. Nachdem wir etwa zwei Stunden alle relevanten Vorgänge erforscht hatten, war meine Aktentasche prall gefüllt mit Urkunden, Fotos und Aufzeichnungen; aber auch mein Kopf war voller Emotionen, hatte ich doch vieles aus meiner Kindheit erfahren bzw. wieder aufgefrischt. Zum Schluss verabschiedete ich mich mit der Frage: „Wo steht denn mein Geburtshaus?" Dies war sicher der Beginn meiner unglaublichen Suche nach meinen Wurzeln. Das Haus meiner Eltern befand sich etwa 300 Meter weiter in Richtung Oberdorf, an der Lößnitzer Straße 55. Hier hatten meine Eltern in der zweiten Etage eine Wohnung bei der Familie Selig gemietet.

Geburtshaus in Kühnhaide

Wir wohnten etwa bis 1947 dort, um dann in Kühnhaide in eine andere Wohnung zu ziehen. Mein Vater Rudolf bekam kurz darauf eine neue Arbeit im Zwönitzer Sägewerk an der Elterleiner Strasse, so dass wir abermals umzogen. Bis dahin war mir bekannt, dass meine Eltern eine harmonische Ehe führten und meine 14 Jahre ältere Schwester, die ich selten zu Gesicht bekam, die Lehre als Kindergärtnerin begann.

Mit meinem Peugeot 207 fuhr ich also nach dem Besuch bei meiner Tante die wenigen Meter bis an die Stätte meiner Geburt, fuhr an den Straßenrand, ging über die Straße und machte einige Fotos von diesem historischen Ort.

Irgendwie musste mich eine etwa gleichaltrige Frau bei meinem Tun beobachtet haben. Sie kam auf mich zu und ich informierte sie, weshalb ich fotografierte. Es folgten ein paar Minuten absoluter Stille (so kam es mir zumindestens vor).

Danach brach es aus ihr heraus: Sie umarmte mich und stellte sich vor. Es war Gisela, die seit „Urzeiten" in diesem Haus lebt. Zwei Jahre älter als ich, kannte sie mich noch aus Kindheitstagen. Sie war es auch, die mich oft in einem Handwagen durchs Dorf geschoben hat.

Spielgefährten mit Handwagen

Im Nachhinein war dieser unverhoffte Kontakt die Ouvertüre zu dieser unglaublichen Reise in meine Vergangenheit.

Gisela wusste sehr viel über Rudolf, meinen Vater, Frida, meine Mutter, Inge und mich zu erzählen. Nur anfangs so viel: Ich muss ein niedliches, etwas molliges, äußerlich gar nicht so recht zu meiner Schwester passendes Kind gewesen sein. Vor der Geburt sollen sich meine Eltern sehr gut verstanden haben, waren eng befreundet mit der Familie Selig, den Hausbesitzern. Tage danach scheint sich aber das Blatt gewendet zu haben. Fast jeden Tag gab es Streitereien und viele Auseinandersetzungen. Meine nun "alte und neue Freundin" konnte mir eine Menge Details erzählen, die ihre Mutter ihr kurz vor derem Tod mitgeteilt hatte. Danach kann man sich zusammenreimen, weshalb der plötzliche Stimmungswandel in der Familie Petzold zustande kam. Mutter Frida war 1941 mit ihren 33 Jahren eine junge attraktive Frau, Rudolf wurde auf Grund eines Hüftleidens vom Kriegsdienst freigestellt. Man könnte meinen, dass beide in dieser schweren Zeit glücklich und zufrieden zusammen gelebt haben. Das mag für die Zeit vor dem 23.Juli 1944, meinem Geburtsdatum, zutreffen. Danach haben sich wahrscheinlich menschliche Abgründe aufgetan, die ich durch meine Nachforschungen nur erahnen kann.

Während der Kriegszeit war es durchaus üblich, dass die Frauen des Dorfes sich bei den vielen Bauern im Dorf (es mögen um die 20 Bauernhöfe gewesen sein, die es in Kühnhaide gab) verdingten oder zumindestens in der Erntezeit mit aushalfen. Das war auch im Falle des Bauern Hennig sehr günstig, weil der Bauernhof von der Wohnung nur etwa 50 Meter entfernt war. Der Lohn wurde in Naturalien (Eier, Brot, Weizen, Wurst, Fleisch) an die Helfer ausgezahlt.

Gisela war nunmehr zum Kern ihrer Geschichtslektion vorgedrungen. Das klang dann in etwa folgendermaßen: „Ich weiß nicht, ob es richtig ist, was ich dir jetzt erzähle. Meine Mutter sagte mir, dass deine Mutter Frida beim Bauern Hennig arbeitete und nach dem Zeppelin „reeneweg verrückt war". Dann berichtete Gisela mir, dass in Kühnhaide etliche Kriegsgefangene bei Bauern arbeiteten und eben dieser Zeppelin und noch ein anderer dort bei der Feld- und Hofarbeit die Hausherren, die meist an der Front oder gefallen waren, ersetzten. Zögerlich sagte sie danach: „Wenn du noch Zeit hast, kann ich dir etwas zeigen." Im Innersten beschlich mich schon eine Ahnung, was mein weiteres Leben bestimmen sollte. Keine drei Minuten später kam sie mit einer großen Kiste unter dem Arm auf mich zu, stellte sie auf einer Gartenbank ab und bat mich, Platz zu nehmen. Das war auch notwendig, denn was dann folgte, hätte ich im Stehen nicht verkraftet.

Mutter Frida und Schwester Inge kommen vom
Bauern Hennig

Kapitel 4.1. – Zeppelin

Gisela holte also aus diesem großen Karton Dokumente, Zeitungen und Fotos hervor. Ganz oben lag ein Zeitungsausschnitt von 1995, der mich erstarren ließ. Ich sah in das Gesicht von Zeppelin und habe mein vermeintliches Ebenbild erkannt:

„Zeppelin"

Das "Zwönitzer Wochenblatt" brachte diesen Artikel mit dem Foto von ihm. „50 Jahre Ende des Zweiten Weltkrieges" war das Thema.

Das historische Foto:

" Unser historisches Foto stammt diesmal aus der Zeit des Kriegsendes, aufgenommen etwa 1944/45. Es zeigt einen der serbischen Kriegsgefangenen, die, wie Franzosen und Soldaten anderer Nationen, in der Landwirtschaft eingesetzt waren.
Aufgrund seines für deutsche Zungen schwer aussprechbaren Namens bekam er den Spitznamen "Zeppelin", der wohl ähnlich klang.
Die Serben waren in Kühnhaide untergebracht und wurden von Landsturmmännern bewacht, die die Sache nicht verbissen sahen, so hatten die Gefangenen relativ viele Freiheiten.
Sie arbeiteten in Kühnhaide und auch in Lenkersdorf bei den Bauern, die froh waren, Arbeitskräfte zu haben, waren doch die eigenen Söhne im Krieg.
Über das Thema Kriegsgefangene in Zwönitz ist wenig bekannt, doch waren die Zwönitzer bis auf verbissene Nazis, die sie schikanierten und vor denen sich auch die eigenen Bürger in acht nehmen mussten, im allgemeinen anständig zu ihnen."
(Zwönitzer Wochenblatt 15/1995 vom April 1995)

Ich befand mich in einem totalen Chaos der Gefühle und war mir der Tragweite dieses Moments überhaupt nicht bewusst. Konnte es denn sein, dass zwischen mir und diesem serbischen Soldaten, der mir sehr ähnlich sah, eine Verbindung bestand? Dieser Soldat hatte beim Bauern Hennig gearbeitet, meine Mutter aber auch. Niemals erzählten meine Eltern mir von serbischen Kriegsgefangenen in Kühnhaide. Ich glaube, dass alles Weitere dann außerhalb meines Bewusstseins ablief.

Wir stöberten noch eine Weile in diesem Karton, aber durch meinen Kopf gingen schrecklich wundersame Gedanken, wobei mir die Vorstellung gar nicht so fremd war, dass ich hier etwas Einmaliges gefunden hatte.

Bevor ich mich von Gisela verabschiedete, bot sie mir jegliche Hilfe bei der Aufklärung meiner Vergangenheit an. Wir umarmten uns herzlich und mit einem "Glück Auf" war ich verschwunden, um sofort mit meinen neuen Erkenntnissen und dieser Zeitung, die jetzt in meinem Besitz war, noch einmal bei meiner Tante Else nachzufragen. Sie war ja damals eine junge Frau, und die Geschwister hatten sicherlich einander manches erzählt. An ihrer Haustüre angekommen, hielt ich ihr die Zeitung "unter die Nase". Es folgte aber nur ein Kommentar: "Där wars aber nät!" Dies hieß für mich, es müsse ein anderer gewesen sein. Im selben Moment korrigierte sie sich und behauptete, dass sie niemals einen Serben in Kühnhaide gesehen hatte und außerdem hätte meine Mutter so etwas auf keinen Fall getan. Damit war das Thema für sie erledigt, aber mein Verdacht nahm immer konkretere Formen an. Was blieb, war der Drang nach der Wahrheit. Mit einem ganz unbekannten, aber wohltuenden Gefühl, machte ich mich auf den Rückweg über Oberwiesenthal, weil ich auch dort Nachforschungen anstellen musste. Am Fuße des Pöhlbergs bei Annaberg angekommen, musste ich einem menschlichen Drang nachgeben und stieg auf dem ersten besten Parkplatz aus. Wieder kam einer dieser öminösen Zufälle an diesem Tag auf mich zu: Es war mein ehemaliger Klassenlehrer, der liebe, schon ins Alter gekommene Gottfried Rothe mit seiner Frau. Ihm musste ich all das Erlebte sofort brühwarm erzählen. Ich kam mir vor, als trüge ich mein Herz auf der Zunge.

Fast noch in derselben Minute rief ich meine Frau in Dresden an und sagte ganz konfus: "Ich habe ihn!" Damit meinte ich meinen Vater. Es sollte noch ein langer Weg werden, etliche Aktenordner füllen und über viele Monate bis zur endgültigen Klarheit dauern. Wie aber jetzt weiter vorgehen? Könnte ein DNA-Test mit meiner noch lebenden Schwester (dement; inzwischen leider verstorben) Gewissheit bringen?

Ich nahm Verbindung mit dem renommierten Labor "Galantos Genetics" in Mainz auf und machte einen Speicheltest mit meiner Schwester Inge.

Das Ergebnis kam Anfang Dezember und löste alle weiteren Schritte aus. Es stellte sich definitiv heraus, dass Inge nur meine Halbschwester ist.

Hier ein Auszug aus dem DNA-Test:

Gutachten für Herrn Wolfgang Petzold

Zusammenfassung:

Alle a-posteriori Wahrscheinlichkeiten (W-Werte) dieser Analyse wurden auf der Basis gleicher a-priori Wahrscheinlichkeiten für die aufgestellten Hypothesen berechnet.
Systeme W1 W2 W3 PCR Systeme 2,593041 % 75,398966 % 22,007993 % Gesamt 2,593041 % 75,398966 % 22,007993 %
Die Berechnung der aufgestellten Hypothesen ergibt mit einer Wahrscheinlichkeit von 75,4 %, dass es sich bei den beiden getesteten Personen um Halbgeschwister handelt.
Die Wahrscheinlichkeit, dass die beiden untersuchten Personen Vollgeschwister sind, liegt bei 2,59 %.

Für die Möglichkeit, dass die untersuchten Personen nicht mit-einander verwandt sind, bleibt damit eine Wahrscheinlichkeit von 22 %.

Wir versichern, dass die Verwandtschaftsbegutachtung und die Berechnungen der Verwandtschaftswahrscheinlichkeit nach den zurzeit aktuellen wissenschaftlichen Erkenntnissen durchgeführt wurden.

Mainz, den 06. Dezember 2011

Für uns alle gab es nur eine Erklärung: "Zeppelin" musste mein Vater sein. Aber wie war sein richtiger Name, lebte er noch? Viele Fragen gab es zu beantworten. Gisela setzte sich sofort in die Spur und sammelte Personen um sich, die sich im Ort auskannten oder diese damalige Zeit bewusst miterlebten.

Hellmut Kunz und Anneliese (die Freundin und Nachbarin Giselas, selbst ein Serbenkind) waren solche. Keiner, auch nicht die Nachfahren des Bauern Hennig, kannte den Namen von "Zeppelin" und wusste, was aus ihm geworden war.

Wir wollten schon fast aufgeben, bis wir mit der Journalistin Frau Muth von der Lokalredaktion der "Freien Presse" Stollberg in Kontakt kamen. Sie hat mich in wunderbarer Art und Weise bei meiner Suche mit journalistischen Mitteln unterstützt. Wir trafen uns in Zwönitz im Cafe Am Markt, wo sie ca. zwei Stunden lang ihre ersten Recherchen begann. Alles, was ich bisher in Erfahrung bringen konnte, habe ich ihr mitgeteilt. Wir haben uns sehr intensiv über meine Thematik auseinandergesetzt. Nach ein paar Tagen erschien bereits der erste Artikel über meine Suche. Ich hatte ein gutes Gefühl, dass wir Erfolg haben würden. Auch später hat Frau Muth mich bei allen meinen Stationen auf der Suche nach meinem Vater begleitet. Es erschienen mehrfach Artikel darüber. Hier nur einer von vielen:

Auf der Suche nach dem richtigen Namen

Ein gebürtiger Kühnhaider glaubt, auf einem alten Foto seinen leiblichen Vater erkannt zu haben. Nun will er mehr erfahren.

VON FRANZISKA MUTH

Wolfgang Petzold vor seinem Geburtshaus im Zwönitzer Ortsteil Kühnhaide. FOTO: ANDREAS BARDT

Balkanfeldzug bedeutete für viele Serben die Gefangenschaft

Das Foto des serbischen Kriegsgefangenen. Petzold ist sich sicher: Dieser Mann ist sein Vater. FOTO: PRIVAT

Zeitungsartikel aus der Stollberger Zeitung vom 17.11.2011

Eines Tages erfolgte aber unerwartet der Durchbruch: Ein Herr Helmut Simon (83) aus Kühnhaide meldete sich bei mir. Er war Anfang 1945 aus Ostpreußen geflohen und setzte als

17-Jähriger beim Schneider Arnold in Zwönitz am Markt seine Lehre fort. Er erkannte "Zeppelin" als seinen Lehrausbilder (dieser war Schneider von Beruf) sofort und wusste auch noch dessen Namen: Radojica Miljkovic. Das war eine Überraschung! Wie doch die Öffentlichkeit wichtig ist, aber auch die Rolle der Presse. Umgehend gab ich einen Suchauftrag bei der Deutschen Dienststelle in Berlin auf.

Herr Simon bezeichnete Radojica als lieben, klugen und arbeitsamen Menschen, der sein Schneiderhandwerk perfekt beherrschte.

Der Kühnhaider Helmut Simon erinnert sich an den Mann auf dem Foto: Sein Name sei Radovica Milkovic. Mit ihm hat Simon 1945 in einer Schneiderei zusammengearbeitet. Hier zeigt der 83-jährige seinen Lehrbrief.   FOTO: A. TANNERT

Helmut Simon in der „Freien Presse" Stollberg

Meine neuen Freundinnen Anneliese und Gisela

Mein lieber neuer Freund Hellmut Kunz

Die Berliner Dienststelle teilte mir auf Nachfrage mit, dass Radojica im November 1943 im Kriegsgefangenen-Reserve-Lazarett Hohenstein-Ernstthal eingeliefert wurde.

Andere Unterlagen konnte man nicht finden. Allerdings waren Geburtsort, Datum und Eltern angegeben. Einige Zeit später wurde mir noch mitgeteilt, dass sich sein Vater Svetozar auch in Deutschland in Gefangenschaft befand und zwar in Nürnberg-Langwasser. Beide haben aber erst nach dem Krieg davon erfahren.

Weitere Recherchen erfolgten über den Internationalen Suchdienst Bad Arolsen, die serbische Botschaft in Berlin, das Landratsamt in Aue, das Sächsische Staatsarchiv in Dresden u.v.a.m.

Durch Zufall las ich im Internet, dass der serbische Journalist Milorad Zivojnov (arbeitet in Bonn) über diese Problematik recherchierte. Sein Onkel war damals ebenfalls interniert. Sofort nahm ich mit Milorad Kontakt auf. Er wurde in der Anfangsphase mein Mitstreiter.

Etwa ein halbes Jahr ging inzwischen ins Land, bis ich wieder einen meiner "verrückten" Einfälle hatte (Am Ende musste ich feststellen, dass die Entdeckung meines Schicksals eine Kette von Zufällen und Wunder war.).

Im Internet suchte ich das Telefonverzeichnis von Belgrad auf, gab den Namen "Miljkovic" ein und fand über 1000 Einträge vor. Der Name "Radojica Miljkovic" erschien aber nur einmal. Sollte das ein Wink des Schicksals sein? Vorsichtshalber legte ich mir auf einem Zettel einige Sätze in Kroatisch, Englisch und Russisch zurecht, dazu die Vorwahl von Serbien und einige Billigvorwahlen. Mein Herz raste sicherlich, denn ich war unheimlich aufgeregt. Sollte das der Einstieg für die Lösung meines Problems werden? Der "da oben" war sicherlich auch mit im Spiel, als sich am anderen Ende der Leitung eine freundliche, jugendliche und männliche Stimme meldete. Meine kurzen Fragen auf Englisch lauteten:

"Kennen Sie Radojica Miljkovic?" - Antwort: "Ja!"

"Wo ist er jetzt?" - Antwort: "Nicht hier!"

"Wann kommt er zurück?" - Antwort: "Gar nicht mehr,
he is in the grob(Friedhof)"

Zu meiner großen Überraschung meldete sich der Enkel Aleksa (17). Ich gab ihm zu verstehen, dass ich aus Deutschland anrufe und eben diesen Radojica suche. Worum es konkret ging, konnte ich ihm am Telefon nicht sagen, lediglich, dass sich in wenigen Minuten ein Mann namens Zivojnov melden würde, der alles erklärt, weil er ja Serbe war und die Sprache beherrscht.
Milorad Zivojnov hat dann alles Weitere veranlasst und den Kontakt hergestellt. Bereits am nächsten Tag (25.01.2012) gingen die ersten E-Mails hin und her. Anfangs noch von Milorad übersetzt, dann mit "Google translation". Branislava (51) und Natalija (56) sagten mir später, dass sie vollkommen aus dem Häuschen waren, als sie von meinen Absichten erfuhren. Erstere ist Professorin an einem Belgrader Institut und die zweite Gymnasiallehrerin; übrigens sehr attraktive Frauen.

Wir tauschten sämtliche vorhandenen Dokumente und Fotos aus, damit sich alle ein Bild machen konnten, auch weshalb ich vermutete, dass Radojica mein Vater sei. Nachdem sich beide Frauen (und auch deren Familien) ein wenig beruhigt hatten, gingen wir daran, die nächsten Schritte festzulegen. Milorad schlug vor, dass am besten ein DNA-Test klären würde, ob diese Vermutungen sich bestätigen. Anfang April schickte Natalija ihre Speichelproben an das deutsche Institut. Wir warteten mit Spannung auf das Ergebnis. Am 10.April

2012 traf die Antwort ein; für mich doch etwas niederschmetternd. Nur zu etwa 16 % bestand die Wahrscheinlichkeit, dass Natalija meine Halbschwester sei und demzufolge Radojica mein Vater.

Um ganz sicher zu gehen, entschieden wir uns, noch einen weiteren Test mit Branislava durchführen zu lassen. Dazu luden mich die beiden Schwestern zu einem Besuch nach Belgrad ein. Wir einigten uns auf Anfang Mai, und ich machte mich auf den Weg nach Belgrad, um für drei Tage den Wohnort und die Familie meines vermeintlichen Vaters kennenzulernen.

Um es gleich vorwegzunehmen: es sollten die schönsten und aufregendsten Tage werden, die ich in dieser Zeit erlebte.

Ich war zu Gast bei der Familie von Branislava (einschließlich ihrem Mann Dragan und den Söhnen Aleksa und Janko). Alle hatten sich auf meinen Besuch vorbereitet. Am Anfang dolmetschte Milorad, alle weiteren Tage dominierte Englisch, aber ab und zu wurde auch deutsch gesprochen, wenn Ana Matic, eine entfernte Verwandte, zu Besuch kam.

Ich lernte ebenfalls die Familie von Natalija (deren Ehemann Miloje und die Kinder Kosta, Ivan und Nina) kennen. Immer stand die herzliche serbische Gastfreundschaft im Vordergrund.

Wenn wir spät am Abend, nach einem aufregenden Tag in Belgrad, noch ein paar Stunden zusammensaßen, wurden Fotoalben gewälzt und Erinnerungen an den Vater (1996 gestorben) ausgegraben.

Milorad, Natalija, Branislava begrüßten mich am
Belgrader Flughafen

Radojicas Grab in Belgrad

Die Töchter liebten ihren Vater Radojica abgöttisch, und er befand sich schon auf einem ziemlich hohen Sockel. Deshalb
stand auch dieser Satz im Raum: "Radojica hätte so etwas
niemals gemacht!" Sie konnten sich einfach nicht vorstellen,

dass er in Deutschland einen Sohn hatte, diesen nie erwähnte und sich nicht um ihn kümmerte.

Jedenfalls erkannten die Schwestern meine vermeintlichen Gesichtszüge auf Radojicas Jugendfotos wieder; auch mein Charakter würde dem ihres Vaters sehr ähneln. An einem Tag besuchten wir dann die letzte Ruhestätte von Radojica und legten Blumen nieder. Branislava und Natalija ließen mich eine Weile am Grab allein. Ich bin ehrlich, ich habe geheult wie ein Schlosshund. Es war einer der bewegendsten Augenblicke in meinem Leben.

Ich wähnte mich vollkommen sicher, meinen Vater gefunden zu haben. Die Familien von Branislava und Natalija taten alles, um diesen drei Tagen einen würdigen Rahmen zu geben. Sehr oft befassten wir uns mit der serbischen Geschichte und bei einem Stadtrundgang wurde auch ein Stück Vergangenheit wieder lebendig; vor allem durch die noch vorhandenen Ruinen von 1941, 1944 und 1999.

Ruinen in Belgrad

Am 6./7.April 1941 war Belgrad durch deutsche Bomber zerstört worden (Zehntausende Tote), am 16./17.April 1944 durch die US-Luftwaffe und die Rojal Air Force (1.200 Tote)

und 1999 von März bis Juni durch die NATO (mit Tausenden von Toten).
Die Tatsache, dass ich als Soldat der Bundeswehr 1999/2000 und 2004 im Kosovo zum Einsatz war, hatte ich nur zögernd in die Diskussion einfließen lassen, weil ich um die besondere Brisanz der Beziehungen zwischen den Serben und den Albanern (Kosovaren) wusste. Aber als ich ihnen erklärte, dass wir auch die Serben in Prizren geschützt haben (z.B. ein serbisches Kloster; den Priester wollte der albanische Mob lynchen, aber unsere Einheit vor Ort konnte Schlimmeres verhindern.), waren sie doch irgendwie beruhigt.

Diese drei ereignisreichen Tage gingen sehr schnell ihrem Ende entgegen. Es wurden noch gegenseitig Geschenke überreicht mit dem Versprechen, sich so bald als möglich wiederzusehen. Ich bekam einige Fotos aus Radojicas Album mit auf den Weg. Das wichtigste war ein kleines Gruppenfoto mit 28 serbischen Kriegsgefangenen in Kühnhaide. Es sollte noch sehr wertvoll für mich sein.

Den anderen Speicheltest mit Branislava schickte ich sofort nach meiner Rückkehr an das Galantos Institut. Das Ergebnis ließ drei Wochen auf sich warten; leider wieder erfolglos. Am Ende lag die Wahrscheinlichkeit nur bei etwa 6 %.
Ich vermutete, dass etwas nicht stimmen konnte, weil ja eigentlich die Indizienkette von Kühnhaide lückenlos verlief. Aus diesem Grunde konnte ich beide überreden, mit George, einem Sohn des Halbbruders von Radojica, noch einen Y-Chromosentest zu absolvieren. Dort musste sich die Wahrheit herausstellen, denn dieser George war ein direkter männlicher Nachfahre! Der Vergleich von 11 Positionen ergab nur 3 Übereinstimmungen; es hätten aber alle 11 sein müssen, um eine Verwandtschaft bzw. Vaterschaft von Radojica eindeutig festzustellen. Jetzt erst wurde mir und allen Beteiligten so richtig

klar, dass Radojica doch nicht mein Vater sein konnte. Eine große Enttäuschung machte sich breit!

In dieser Zeit hatte sich ein schon fast freundschaftliches Verhältnis mit dem Geschäftsführer von Galantos Genetics in Mainz, Herrn Schatzl, entwickelt. Auch seine Kolleginnen, Frau Dr.Schacker und Frau Dr.Siebert waren von meiner Geschichte fasziniert. Weil diese so einmalig war, interessierten sich auch seine anderen Mitarbeiter für diese Ergebnisse. Künftig wurden alle weiteren Tests unter meiner Nummer geführt, um damit ein Rabattsystem in Kraft setzen zu können, denn diese Tests waren doch ziemlich kostspielig. Plötzlich überraschte mich Herr Schatzl mit dem Vorschlag, meine Daten (Y-Chromosome) mit einer internationalen Datenbank zu vergleichen. Es gab zwei herausragende Resultate. Die erste bedeutende Erkenntnis war, dass ich zu den Haplotypen des Balkans gehöre und demzufolge serbische Wurzeln besitze. Dies stellte schon einmal einen sehr wichtigen Hinweis für meine weiteren Recherchen dar. Die zweite ergab, dass fast die gleichen Y-Chromosomen bei einem Mann in Italien vorkamen. In diese Richtung habe ich zwar auch ermittelt, aber von den italienischen Behörden keine Auskunft erhalten. Herr Schatzl erklärte mir dann, dass dieser Vorfahre bestimmt einige hundert Jahre vor mir lebte und es keine vollständige Übereinstimmung sei.

Zunächst brachte ich nun meine Erlebnisse von Belgrad zu Papier und mehrere lokale Zeitungen erstatteten darüber Bericht. Zum anderen wurde das viele Fotomaterial aufbereitet, u.a. dieses kleine Foto, das die 28 Serben in Kühnhaide darstellte.
Im Zuge unserer weiteren Ermittlungen wurde dieses Zeitdokument, welches vom Winter 1941/42 stammte, zu einer wich-

tigen Arbeitsgrundlage. Vorher waren wir aber der Auffassung, dass eine weitere Recherche sehr schwierig werden würde. Auch meine Kühnhaider und Zwönitzer Freunde befanden sich mit ihrem Latein am Ende, so dass ich nahe daran gewesen bin, an dieser Stelle abzuschließen und die Suche nach meinem Vater einzustellen.

Wichtig war die Erkenntnis: Rudolf konnte nicht mein leiblicher Vater sein; aber ich war das Kind eines Serben. Hauptsächlich meine Frau ermunterte mich weiterzumachen, da sie wusste, dass ich keine innerliche Ruhe bekäme. Ich hätte schon gern erfahren, mit wem meine Mutter Frida, mitten im Krieg, wohlbehütet in ihrer Familie, eine Liason gehabt hatte. Es musste schon ein besonderer Mensch gewesen sein, für den sie ihr Leben aufs Spiel setzte, denn solche Verhältnisse wurden damals strengstens bestraft, wenn sie ans Licht kamen. Ob ich das wohl je herausfinden würde? Warum nur hatten Frida und Rudolf dieses Geheimnis mit ins Grab genommen?

Und doch gab es wieder einen Hoffnungsschimmer und zwar im Sommer 2012, als ich den Kontakt mit der serbischen Zeitung "blic" und deren Journalisten Maja Anastasjevic und Svetlana Palic herstellte. Beide wurden bald zu echten Freunden und trugen mit der Veröffentlichung der Artikel und Fotos über mich und der Suche nach meinem Vater wesentlich zum Erfolg bei.

Auch in den Lokalredaktionen Sachsens wurde an diesem Thema gearbeitet:

Kapitel 4.2. Die Suche geht weiter

Ein Zeitungsausschnitt der serbischen Zeitung „blic"

Wolfgang Petzolds Suche nach seinem Vater geht weiter

…und der Stollberger „Freien Presse"

Nach der Veröffentlichung mehrerer Artikel erhielten die serbischen Journalisten über 300 Zuschriften, E-Mails und Telefonate, die mit den Kriegsgefangenen in

Deutschland im Zusammenhang standen. Im Internet wurden in der Regel positive Kommentare über die bekanntgewordene Liason eines Serben mit einer Deutschen und die Suche nach über 70 Jahren veröffentlicht. Viele Menschen wollten dabei mithelfen. Es darf aber auch nicht verschwiegen werden, welche negativen Äußerungen dort plötzlich auftauchten, auf serbischer, wie auch auf deutscher Seite. Ich erspare mir hier die Details. Dass aber manche Menschen aus der Geschichte nichts gelernt haben, machte mich schon nachdenklich. Die wichtigsten und erfolgversprechenden Anfragen, etwa 25, schickten sie mir zu.

Den ersten Kontakt bekam ich mit *Familie Jovanovic* aus Sevojno bei Uzice, die sich bis heute außerordentlich bei der Suche nach meinem Vater engagiert hat. Wir sind gute Freunde geworden.

Sandra, Miroslav, Ankica, Alexandar und vorn
Mutter Kose (73)

Zum weiteren Verständnis hier vorab noch einmal das Gruppenfoto der Serben, mit Nummern versehen, als Fazit meiner langen Recherche :

...und hier die namentliche Zuordnung von 18 Personen:

Gruppenfoto - bisher ermittelte Personen

1 **Jovanovic, Vlastimir**, Stepojevac bei Belgrad , * 1901
+ 1993 , bei Bauer Müller, Frau Danica

2 **Vrancevic, Vojislav**   * 1913   + 1967
Stepojevac bei Belgrad,   bei Bauer Oskar Hennig

3 **Boskovic, Vitomir** Stepojevac, * 1907 + 1993   bei Belgrad, bei Bauer Hübner

4 **Simic, Slavaljub** * 26.3.1919 + 7.10.2002, bei den Bauern
Groß, Fankhänel, Hübner, Willy Neukirchner und
Lessmüller in Lenkersdorf

5 **Veljovic, Bozidar**

6 **Djurdjevic, Jordan**   * 15.01.1915 in Carina

7 **Miljkovic, Radojica**   *1.11.1919   + 1996
Belgrad , bei Bauer Bruno Hennig

8 **Aleksic, Milan** - Bei Bauer Paul Neukirchner mit Velizar
Colic
9 **Precanica, Milan** *23.4.1913 in Bakuga, + 1990, Vater
Nikola
10 **Jovanivic, Zivko**   * 16.3.1916   Krusevac, Bivolje 230

11 **Colic, Velizar** * 1914 Sevojno, + 2006, bei Bauer Paul
Neukirchner
12 **Mitrovic, Miodrag**   bei Bauer Bach - KZ !!!

13 **Bakovlew, Petar** , * 21.04.1919 in Velika Kikinda

14 **Micic, Milenko**   * 1905   aus Stepojevac

15 **Nikolic, Rrvoslav**, * 21.04.1920 in Belgrad

16 **Rajevac, Radomir**, *21.05.1888 in Otanj

17 **Kekez, Jovan**, * 28.12.1909 in Mokrin

18 **Marinkovic, Milan,** * 1909 in Uramcica Posowska

Auf einige von ihnen komme ich im Laufe meiner Ausführungen zurück. Ihre Schicksale werden mich bei der Suche nach meiner Identität begleiten. Letztendlich haben sie mir bei der erfolgreichen finalen Findung einen Weg gewiesen, der zu meinem Vater führte.

Velizar Colic

D urch den intensiven Kontakt mit der Familie Alexander und Ankica Jovanovic fanden wir heraus, dass Koses Vater, Velizar Colic (auf dem Gruppenfoto die Nr.11) auch in Kühnhaide gefangen gehalten wurde. Er soll wohl kurz vor seinem Tod der Familie mitgeteilt haben, dass er noch einen Sohn in Kühnhaide gehabt hätte. Man schickte mir umgehend

Fotos von Velizar. Eine gewisse Ähnlichkeit mit mir war tatsächlich vorhanden.

Jetzt weiß ich, dass mich diese Familie Jovanovic gern in ihre Familie aufnehmen wollte; vor allem hätte Kose einen Bruder gefunden.

Velizar Colic, seine Frau Stanimirka mit Tochter Kose

Die Suche begann also von neuem. Dazu führte ich intensive Vorgespräche mit meinen Freunden in Kühnhaide, allen voran mit Hellmut Kuntz. Mit seinen damals 81 Jahren wusste er noch so manche Geschichten von den Gefangenen zu erzählen. Zum Ende des Krieges war er ein 14-jähriger aufgeschlossener Junge, der fast seine gesamte Freizeit mit den Serben verbrachte. Da die alten „Volkssturmwachmänner" keinerlei

Veranlassung mehr hatten, die Gefangenen zur Arbeit und zurück zu der Unterkunft zu geleiten, hat diese Aufgabe oft Hellmut übernommen. Überhaupt hatten die Serben im letzten Jahr relative Freiheiten. Einige durften sogar beim Bauern, bei dem sie arbeiteten, nächtigen. Deshalb ist es jetzt nachvollziehbar, dass innige Beziehungen mit den deutschen Frauen entstanden.

Hellmut wusste auch noch zu erzählen, dass er oft mit Velizar zusammen war und dieser ihm vieles beigebracht hätte. Z.B. hatte Velizar eine ausgediente Pistole (zum Schießen unbrauchbar) gefunden. Mit dieser haben Hellmut und Velizar das Auseinandernehmen und Zusammensetzen geübt.

Mit den Jovanovics in Serbien kam im Sommer 2012 ein reger E-Mailaustausch zustande. Es verging kaum eine Woche, dass wir keinen Kontakt hatten.

Deshalb entschloss ich mich zu einem weiteren DNA-Test zwischen Velizars Tochter Kose und mir. Die Speichelprobe von Kose traf Mitte September 2012 in Mainz ein, fast gleichzeitig mit meiner.

Leider ergab dieser Geschwistertest mit einer Wahrscheinlichkeit von 99 %, dass ich nicht der Bruder von Kose bin. Alle waren sehr enttäuscht, denn wir wären gern verwandt gewesen.

Sie unterstützten mich dennoch weiterhin sehr intensiv bei meiner Suche, nahmen mir aber das Versprechen ab, weiter nach einem Bruder von Kose in Kühnhaide zu suchen.

Bei den folgenden Besuchen in diesem Ort und in den Nachbarorten hatte ich also immer mindestens zwei Optionen in Betracht zu ziehen: meine Vergangenheit und die von Velizar und Kose.

Welche umfangreiche, ja fast wissenschaftliche Tätigkeit damit verbunden war, habe ich in einem letzten Bericht am 24.04.2013 an die Familie Jovanovic zusammengefasst und noch einmal alle Stationen der Suche skizziert.

Abschlussbericht

zur Recherche über die Nachkommen von Velizar Colic in der deutschen Kriegsgefangenschaft in
Kühnhaide/Zwönitz von 1941 bis 1945

Ausgangslage:

Am 02.08.2012 schrieb mir Alexandar Jovanovic, dass sein Großvater Velizar Colic (1914 bis 2006) am Ende seines Lebens der Familie anvertraute, er habe mit der Tochter von Paul Neukirchner einen gemeinsamen Sohn, der um 1944 geboren worden sei. Außerdem konnte sich die Tochter von Velizar, Kose, an ein Foto erinnern, wo zwei Frauen und ein blonder Junge (ca. 3-4 Jahre) abgebildet waren. Auf der Rückseite war zu lesen : "Komm zurück, mein Herz!" Dieses Foto habe die Frau von Velizar, Stanimirka, nach seiner Rückkehr aus der Gefangenschaft verbrannt.

Durchgeführte Recherchen:

1. Beim Bauern Paul Neukirchner

Velizar Colic arbeitete von 1941 bis 1945 beim Bauern Paul Neukirchner in Kühnhaide/Zwönitz, Kreis Aue, Bezirk Chemnitz.

Herr Hellmut Kuntz war damals etwa 14 Jahre alt und konnte sich noch gut an Velizar erinnern.

Er sagte: „Velizar war ein sehr lieber, fleißiger und ordentlicher Mensch. Er war lieb zu den Kindern." Der Bauer Paul war damals etwa 33 Jahre alt, seine Frau Lony auch. Sie hatten sechs Töchter, die aber noch sehr jung waren; die älteste 13 Jahre. Zur ganzen Familie hatte Velizar ein sehr gutes und familiäres Verhältnis. Das Kind, das Velizar hatte, muss er mit einer anderen Frau gehabt haben, denn die Töchter von Paul Neukirchner kamen auf Grund ihres Alters nicht in Frage. So die Aussage von Herrn Kuntz. Deshalb musste ich weitersuchen.

2. Beim anderen Bauern Paul Neukirchner (nicht mit dem Paul Neukirchner unter 1. verwandt)

Dieser Bauer hatte eine Tochter Ilse und einen Sohn Ernst.
Ilse war mit dem serbischen Kriegsgefangenen Zivko Jovanovic (Feldwebel und Vorgesetzter der 28 Gefangenen in Kühnhaide) liiert und bekam am 08. September 1943 die Tochter Anneliese.
Zivko hat bis Kriegsende (Mai 1945) bei diesem Bauern gearbeitet. Er hat dieses Kind anerkannt und wollte nach Deutschland zu Ilse Neukirchner zurückkehren.
Sie hatten noch bis 1947 Kontakt, der aber dann abgebrochen ist.

Živko Jovanović

Auf Grund der Tatsache, dass Zivko und Ilse ein festes Verhältnis hatten, kann ausgeschlossen werden, dass Velizar mit Ilse ein Kind hatte.

Es ist also wahrscheinlich, dass die Aussage "er hatte mit der Tochter von Paul Neukirchner einen Jungen" nicht stimmen konnte.

Durch die bei Anneliese Neukirchner/Tzscharke gefundenen Fotos habe ich festgestellt, dass Ilse Neukirchner mit Leni Gebhard befreundet war, die beim Bauern Günther als Dienstmädchen beschäftigt war. Diese Leni konnte die andere Frau auf dem Foto gewesen sein, denn ich vermutete, das Zivko und Velizar auch befreundet waren.

Deshalb wurde die Suche bei der Familie von

3. Leni Gebhard

fortgesetzt. Ich habe mit noch Lebenden der Familie Gespräche geführt, die im Ergebnis ausschließen konnten, dass Leni

Gebhard ein Kind von Velizar hatte. Das haben mir Christa Gebhard (noch im gleichen Haus lebende Schwägerin von Leni) und Reiner Jähn, Sohn von Leni, 1948 geboren, bestätigt.

Weitere Recherchen:

Da die Nachforschungen stagnierten, habe ich noch einmal in Kühnhaide Gespräche mit noch Lebenden geführt. Insbesondere wurden abermals alle Personen unter Punkt 1 (Paul Neukirchner) einbezogen.

Bei der weiteren Recherche hat mir eine Tochter von Paul Neukirchner, Annelies Becher (78), wohnhaft in Dittersdorf, sehr interessante Ausführungen gemacht. Sie wusste, dass die **Familie Kirsch** gleich neben dem Bauernhof von Paul Neukirchner wohnte. Diese hatten enge Kontakte zum Bauern Neukirchner, insbesondere zu

4. Elsbeth Koelke (geb.Kirsch) und Lotte Neukirchner (geb.Kirsch)

zu Elsbeth Koelke:

Da ich wusste, dass Elsbeths Mann Erich den gesamten Krieg nicht zu Hause war und erst 1946 nach Hause kam, habe ich vermutet, dass das Kind auf dem Foto, das Kose gesehen hatte, Peter (20.09.43) gewesen sein könnte. Erhärtet wurde diese Vermutung dadurch, dass Elsbeth sich 1956 das Leben genommen hatte. Erst der DNA-Test mit Peter und Kose erbrachte die Gewissheit, dass Peter nicht der Sohn von Velizar gewesen sein konnte.

zu Lotte Neukirchner:

Lotte war mit Willy Neukirchner (Bruder von Paul Neukirchner) verheiratet. Er ist 1942 im Krieg gefallen. Lotte hatte 1937 einen Sohn geboren.

Nach Aussagen von Annelies Becher (zweitälteste noch lebende Tochter von Paul und Lony Neukirchner, geb.Kirsch) hatte Velizar Colic über Jahre (etwa 1943 - 1945) hinweg ein enges intimes Verhältnis mit Lotte Neukirchner. Das hat sie auch noch mehrmals mir gegenüber bestätigt. Ein weiteres Kind soll sie aber nicht gehabt haben.

Annelies Becher hat mir mehrfach versichert, dass Velizar nach Kriegsende nicht nach Serbien zurückkehren wollte. Nachdem er aber dazu gezwungen worden war, wollte er später zu Lotte nach Kühnhaide zurückkehren, was aber nicht geschah. Aus heutiger Sicht durch die damaligen politischen Verhältnisse in Jugoslawien (wie auch in der Sowjetunion) bedingt. Sie durften nicht zurück. Selbst briefliche Verbindungen zu Lotte waren ausgeblieben.

Ich habe noch mehrere Befragungen durchgeführt, unter anderem mit dem

Sohn von Lotte. Da dieser damals noch ein kleiner Junge war, ist es auch erklärlich, dass er jetzt nichts mehr von Velizar wusste.

Da meine Befragungen und Recherchen keinen Erfolg brachten, habe ich die Suche erweitert und insgesamt 11 örtliche Institutionen in der Umgebung um Mithilfe gebeten (Standesämter, Archive, Krankenhäuser und Pfarrämter in Zwönitz, Aue, Lößnitz, Stollberg und Chemnitz). Aber auch diese Nachforschungen erbrachten keinen Beweis, dass Velizar ein Kind mit einer "Frau Neukirchner" hatte. Allerdings hat der ebenfalls inhaftierte Gefangene Matrose Slavoljub Simic (1919 bis 2002) in seinem Nachlass seiner Mutter berichtet, dass die serbischen Gefangenen ein kleines Kind versteckt hielten. Wann und wo dies genau geschah und wer Vater und Mutter war, kann nicht mehr nachvollzogen werden.

Schlußfolgerungen:

Nach bisherigen Erkenntnissen kann kein Beweis erbracht werden, dass Velizar Colic ein leibliches Kind hatte.

Bewiesen ist aber diese Tatsache, dass Velizar von etwa 1943 bis zu Kriegsende mit Lotte Neukirchner ein enges Verhältnis gehabt hat. Aus dieser Beziehung ist aller Wahrscheinlichkeit nach kein Kind entstanden. Die Möglichkeiten, dass Velizar mit Lony Neukirchner (damals etwa 33 Jahre alt, Ehefrau vom Bauern Paul Neukirchner, Mutter von sechs Kindern, wo Velizar gearbeitet hatte), ein Kind hatte, ist eher unwahrscheinlich. Alle Befragten haben diese These auch vehement widerlegt.

Die Vermutung liegt nahe, dass Velizar gar kein eigenes Kind hatte, sondern mit Lotte und dem nichtleiblichen Sohn, der zu Kriegsende etwa 7 Jahre alt war, eine Familie gründen wollte.

Für die Richtigkeit:

Wolfgang Petzold

....

In diesem Bericht habe ich versucht, der Fam. Jovanovic einen kleinen Einblick zu vermitteln, wie schwer es nach so vielen Jahren ist, auf Grund von Vermutungen und Indizien den klaren Nachweis zu erbringen, dass und welche Kinder in der damaligen Zeit entstanden sind. Die Aufzeichnungen über Velizar Colic füllen mindestens zwei Aktenordner. Aber immer ist die weitere Recherche in meinem Falle mit der Fam. Jovanovic verbunden.

Ich habe bis heute die Suche nach dem Sohn von Velizar Colic nicht aufgegeben und führte noch später in Kühnhaide aufwändige Befragungen von noch Lebenden durch.

Nach der Veröffentlichung des Gruppenfotos in Serbien meldete sich eine **Familie Zivotic** aus Belgrad. Es war ein weiterer Meilenstein auf der Spur des Erfolgs. Der Vater von Slavica, der **Matrose Slavoljub Simic** (+2002, Nr.4 auf Foto), hatte in seinem Nachlass Fotos von vielen Gefangenen und eine namentliche Liste von 20 Mann mit Dienstgrad und Gefangenennummer hinterlassen Diese Liste schickten mir die Zivotics, aber auch noch viele Erinnerungen von Slavoljub an Kühnhaide. Z.B. erzählte er seinen Kindern, dass sie beim Bauern Neukirchner lange Zeit ein Kind eines Kriegsgefangen versteckt hielten.

Ist es das versteckte Kind ?

In einem ihrer Artikel hat die Journalistin, Frau Muth, in der Stollberger Zeitung dieses Foto noch einmal veröffentlicht und um Mithilfe gebeten. Leider hat sich daraufhin niemand gemeldet.

Namen-Verzeichnis

des Kr. Gef. Arb. Kdo.

Lfd. Nr.	Name	Vorname	Kgf. Nr.	Dienstgrad
1	Jovanović	Živko	84216	Feldwebel, u. Vertrauensmann
2	Prećanica	Milan	83117	" "
3	Rajevac	Radomir	80060	" "
4	Djurdjević	Jordan	83705	Uffz.
5	Čolić	Velizar	82892	"
6	Aleksić	Milan	83392	Ob-Maat
7	Simić	Slavoljub	83391	" "
8	Bakovljev	Petar	83040	Gefr.
9	Vrančević	Vojislav	3602	Soldat
10	Bošković	Vitomir	3599	"
11	~~Datić~~	~~Žarko~~	~~4540~~	
12	Rackov	Pera	84417	"
13	Topolić	Pojko	79460	"
14	Popov	Nikola	94141	"
15	Jovanović	Vaso	85818	"
16	Jovanović	Vlastimir	2256	"
17	Mišić	Milenko	3607	"
18	Milković	Radojiča	83779	"
19	Miladinović	Milorad	84430	"
20	Bahar	Aron	82291	"

Kr. Gef. Arb. Kdo.
Uffz. Göckeritz

Namentliche Liste vom Kommandoführer der serbischen
Gefangenen, Uffz. Göckeritz

Dieses Kind fand ich bis heute noch nicht. Ob es von Velizar Colic stammte, konnte nicht ermittelt werden. Es gab auch in Kühnhaide keinen, der mir einen Hinweis geben konnte. Warum wohl? Weil das damals streng geheim bleiben musste, denn sonst wären alle beteiligten Personen an die Wand gestellt oder ins KZ verschleppt worden. Beispiele gab es nicht wenige. Kinder von Kriegsgefangenen sind immer noch ein TABU-Thema in der Gesellschaft, auch weil sich noch heute nach so vielen Jahren keiner mehr intensiv damit beschäftigt. Die abgebildete Liste hatte Slavoljub Simic zu Kriegsende bei sich. Wie er dazu kam, kann man nur erahnen. Geschenkt hat ihm diese sicherlich keiner.

Mit der Familie Zivotic aus Belgrad pflege ich noch heute einen engen Kontakt.

Bis dato waren also zur Ermittlung meines serbischen Vaters insgesamt 5 DNA-Tests gemacht worden; alle bisher erfolglos. Die einzige Gewissheit aber war: „Ich bin ein Serbe!"

Wie also weiter verfahren?
Einfach aufzugeben, stand nun erst recht nicht zur Debatte. Trotzdem wurde es immer schwieriger, weitere Zeitzeugen in Kühnhaide zu finden. Meine Freunde dort gaben sich zwar redliche Mühe, aber wir fanden auch unerklärlicherweise viel Ablehnung. Haupttenor war: "Lasst doch die Toten ruhen, wir möchten im Dorf nicht ins Gerede kommen!"
Diese Aussagen stimmten mich sehr traurig. Wie kann man denn nach über 70 Jahren noch solche verstaubten Ansichten haben?
Aber wir hatten noch mehr Eisen im Feuer. Auf der Grundlage der Veröffentlichung des Artikels und des Gruppenfotos in "blic" meldete sich bei mir ein **Herr Dragan Vrancevic** aus Stepojevac. Er sagte, dass sein Vater

Vojislav Vrancevic (Nr. 2, + 1967)

Und weitere drei Soldaten (Vlastimir Jovanovic, Vitomir Boskovic und Milenko Micic, Nr.1, 3 und 14) aus diesem Dorf zusammen in Gefangenschaft waren und alle vier auf diesem Foto zu sehen sind. Er war überzeugt, dass sein Vater Vojislav auch mein Vater sei. Wir waren jeden Tag in Kontakt (er konnte gut deutsch sprechen), bis Herr Vrancevic längere Zeit im Krankenhaus weilte. An seiner Stelle halfen uns seine Söhne Dejan und Slobodan.

Dejan kannte sich in den Gegebenheiten des Dorfes Stepojevac sehr gut aus (auch Flüsterpropaganda war ihm geläufig). Er hat mir dann im Dezember 2012 einen wichtigen erfolgversprechenden Tipp gegeben.

Nach der Rückkehr aus dem Krankenhaus wollten Dragan und ich mit dem DNA-Test beginnen, er war sich vollkommen sicher, dass ich das Kind seines Vaters Vojislav sei. Dieser habe Anfang der 60er Jahre mehrfach angedeutet, dass auch er in Deutschland ein Kind haben könne.

Dragan Vrancevic, Sohn von Vojislav Vrancevic

Dejan Vrancevic mit Familie

Da sich der Krankenhausaufenthalt von Dragan verlängerte, konnte ich nicht länger warten und wollte dennoch meine Suche fortsetzen, zumal meine Frau und ich nun das Foto der 28 Gefangenen intensiver unter die Lupe nahmen. Viele kamen eigentlich nicht mehr in Frage.

Aber die Nummer 1 auf dem Foto schien mir wie aus dem Gesicht geschnitten.

Vlastimir Jovanovic (+1993)

Warum hatten wir das nicht schon vorher bemerkt? Es kamen bestimmt nicht sehr viele in Betracht, die wir intensiver untersuchten (Nase, Augen, Gesichtsknochen, Kinn, Ausdruck u.a.).

Vlastimir im Vergleich zu mir (oben) und unten
Jovanovic, Vrancevic, Misic und Boskovic (rechts)

Vlastimir schien mir wie aus dem Gesicht geschnitten, als ich
auch in diesem Alter war. Vor allem das schelmische Lächeln
konnte ich nur von ihm haben. Jetzt erfolgte die Suche intensiv
in Richtung Vlastimir Jovanovic. Unsere befreundete Familie
Jovanovic (die nicht mit Vlastimirs Familie verwandt ist), fand

heraus, dass noch drei Töchter von Vlastimir leben. Die jüngste, **Vuka Solaja,** wohnt in Belgrad. Auch hier waren wir optimistisch, nun endlich meinen Vater gefunden zu haben. Es folgte ein intensiver Schriftverkehr mit Vuka.

Hier einige Auszüge aus unserer Korrespondenz:

Erstes Mail von Vukosava Solaja - 01.11.2012

Hallo Wolfgang,
ich war angenehm überrascht zu erfahren, dass wir vielleicht noch einen anderen Bruder haben. Ich würde mich freuen, wenn es wahr wäre, und wenn nicht, fühlte ich mich geehrt, demjenigen zu helfen, die Wahrheit über seine Herkunft zu erfahren.
Ich weiß, dass mein Vater auf der Farm arbeitete für eine Familie, die nur lobende Worte für ihn hatte.
Mein Vater wurde am 14.10.1901 geboren. Vater Cosma und Mutter Katherine waren Lehrer in Stepojevc. Mein Vater und meine Mutter Danica heirateten im Jahr 1924. Sie hatten sechs Kinder:
1 Olga - 4.9.1925 - 20.06.1998
2 Veselin - 06.02.1928 - 02.12.2000
3 Ruzica -12.09.1930
4 Dusan - 08.05.1933 -31.05.2012
5 Leposava -18.02.1947
6 Vukosava - 08.09.1950
Wie Sie den Rest von uns, und alle drei sehen können sind wir bereit, Ihnen und mir zu helfen.
Mit Blick auf die Bildern sind wir überzeugt, dass Sie eine Menge von Ähnlichkeiten mit unserem Vater haben und dein Sohn in dem karierten Hemd (Robbi) auch.
Vielleicht ist dies genug, um mit zu beginnen und sicherlich werden wir auch weiterhin zu dienen.
Viele Grüße an Sie und Ihre Familie

Adresse: Šolaja Vukosava ul Nastic 2, 11 132 Belgrade
Ich schickte meine schon vorhandenen Testergebnisse an ein Belgrader Institut, Vuka ihre Speichelproben dorthin und schon nach zwei Tagen, am 09.11.2012, bekamen wir das Ergebnis. Wieder negativ!!

Es war einfach zum Verzweifeln. Meine Frau richtete mich abermals auf und kam auf die Idee, doch noch einmal an das Internationale Rote Kreuz in Genf zu schreiben. Ich hatte von dort schon mehrfach per E-Mail Ergebnisse für meine Suche erhalten. Mit der namentlichen Liste aus dem Nachlass von Slavoljub Simic als Anhang schickte ich einfach noch einmal eine E-Mail mit der Bitte um Nachforschung betr. der noch offenen Namen dorthin.

Ich machte mir wenig Hoffnung. Aber Irrtum!

Schon nach einer Woche bekam ich per Post ein dickes A-4-Couvert mit mehr als 50 Blatt Kopien, die über die restlichen 15 serbischen Gefangenen in Kühnhaide Auskunft gaben. Noch konnte ich das gar nicht richtig begreifen, denn das Rote Kreuz in Genf hatte kurzfristig, ganz ohne bürokratische Hürden, noch dazu kostenlos, diese Dokumente zur Verfügung gestellt. Sie wünschten mir in ihrem Anschreiben viel Erfolg bei der Suche nach meinem Vater. Offensichtlich kannten sie meine Geschichte genau.

Ich erstellte eine namentliche Liste von allen noch ermittelten Gefangenen, mit allen Fakten, die verfügbar waren (Geburtsdatum, -ort, Nr. der Erkennungsmarke usw.).

Anfang Dezember schickte ich diese Liste meiner hilfsbereiten Familie Jovanovic nach Sevojno. Sie sollten nur die Möglichkeit erkunden, ob ein Kontakt mit einigen Nachkommen dieser Soldaten hergestellt werden könne.

Bereits am nächsten Tag berichteten sie, dass sie schon 6 Personen (Familien) abgefragt hätten, die in die engere Wahl kämen. Als nächster kam eigentlich nur einer in Frage:

Milan Precanica (Nr. 9, + 1990).

Von ihm wurde erzählt, dass er auch beim Bauern Hennig gearbeitet hatte und meine Mutter Frida "reeneweg verrückt" nach ihm gewesen sei (Das war sicher eine

Verwechslung mit Radojica.). Auch dieser "heißen Spur" wollte ich nachgehen.

Seine Nachfahren fanden wir in Kroatien. Wir erfuhren, dass diese in einem kleinen Dorf Gornja Bacuga gelebt hatten und nach dem kroatisch-serbischen Krieg (1991-1995) nach Serbien ausgewiesen wurden. Dabei habe ich auch viele historische Hintergrundinformationen erhalten. Nach diesem Krieg

war die offizielle kroatische Politik: „Ein Drittel der Serben liquidieren, ein Drittel ausweisen und ein Drittel in die kroatische Gesellschaft integrieren!"
Wieder war es meine liebe Familie Jovanovic, die einen Kontakt zu den Verwandten, die in den 60erJahren nach Deutschland ausgewandert waren, herstellten (Rada Weissenberger). Diese wiederum vermittelten den Kontakt zu Stojan, einem Sohn von Milan, der noch in Belgrad lebte und für einen DNA-Test bereit war.

Rada und Bruder Stojan Precanica (um 1976)

Da aber ein weiterer männlicher Verwandter im Schwarzwald wohnte, konnte ich die langwierige Prozedur abkürzen und Vaso Precanica (ein Sohn des Bruders von Milan) zu einem Y-Chromosomentest bewegen.
Auch dieser Test (es war der achte) fiel wieder negativ aus!

Dieser Rückschlag hatte allerdings auch eine positive Seite. Erstens habe ich seit dieser Zeit mit der Familie Rada und Lothar Weissenberger Freunde und Mitstreiter gefunden und zweitens fanden wir durch viele Gespräche in Kühnhaide den richtigen Sohn von Milan Precanica heraus. Es war R. <u>Milan</u> B.; Stojan war demzufolge sein Bruder.

Seine Mutter hatte ihm den zweiten Namen Milan gegeben, dies allerdings erst nach dem Krieg eintragen lassen.

Milan Precanica (links) und Jordan Djurdjevic

Kapitel 4.3. – Endgültig gefunden, meine neue Familie Boskovic

Aber noch während der Test mit Vaso unterwegs war, kam ein dringendes E-Mail von den Jovanovics. Sie hatten in Stepojevac eine Familie Boskovic gefunden, von denen man erfahren habe, dass ihr Vater, Großvater und Urgroßvater Vitomir Boskovic (die Nr.3) auch in Kühnhaide gewesen sei und dort mit zwei verschiedenen Frauen 2 Kinder (Jungen) gehabt hätte. Er soll das seiner Frau nach der Rückkehr auch gebeichtet haben. Wie sich herausstellte, hatte er vor seiner Gefangennahme am 07.04.1941 in Belgrad, schon 5 Kinder mit seiner Frau Andelija (+1989).

Andelija und Großmutter Spasenija mit 5 Kindern
(Foto etwa 1937 entstanden)

Die fünf Kinder von Vitomir, von links Milka,
Olivera, Milunka, Vojislav und Milena

Nun ging es Schlag auf Schlag! Die Familie Boskovic war sehr kooperativ und schickte Nachrichten und Fotos per E-Mail über die Familie Jovanovic. Das geschah am 09.12.2012! Es kam als Anlage das Foto einer Bäuerin, wo Vitomir gearbeitet hatte. Eine sofortige Nachfrage in Kühnhaide ergab, dass die Person auf dem Foto eine Frau Hübner war. (Später erfuhren wir, dass ein schon verstorbener Sohn von ihr in den 70er Jahren brieflichen Kontakt zu Vitomir hatte. Er schickte auch Fotos von sich und der Familie dorthin. Wir denken, dass dieser Karl Hübner der andere deutsche Sohn von Vitomir war, können es aber nicht beweisen.) Ich wusste zwar, dass meine Eltern mit den Hübners befreundet waren und meine Mutter auch ab und zu auf dem Bauernhof ausgeholfen hatte, konnte aber noch keinen Bezug auf mein Problem feststellen. Einen Tag später erreichte uns wieder eine E-Mail mit einem Foto meiner Mutter Frida, das ich noch nicht kannte. Man hatte es im Nachlass von Vitomir gefunden.

Dann, am 15.12.2012, der absolute Durchbruch: Ein Foto von mir im Alter von etwa 9 Monaten wurde bei den Boskovics in einer alten Blechkiste, die auf dem Dachboden versteckt war, entdeckt. Als man es uns per E-Mail zuschickte, feierten wir gerade den 13. Geburtstag unserer Enkelin Nathalie. Das war vielleicht eine Aufregung!

Später wurde erzählt, dass Vitomirs Ehefrau Andelija alles, was Vitomir aus der Gefangenschaft mitbrachte, vernichtet hätte, aber Großmutter Spasenja (+1968) konnte noch in weiser Voraussicht die beiden Fotos für die Nachwelt retten; zum Glück! Es gab nun keine Zweifel, dass Frida zum Abschied von Vitomir im Mai 1945 ihm diese zwei Fotos mitgegeben hatte. Der Bann war gebrochen. Wir befanden uns auf der Zielgeraden !

Hanni Hübner   Mutter Frida   ich

Inzwischen hatte ich mit der Familie Boskovic schon telefonischen Kontakt, später auch über Skype, meistens in englisch, russisch und serbokroatisch. Die Übersetzung erfolgte über "google-translation" im Internet.

Ich lernte vorab viele Familienmitglieder kennen: den Sohn von Vitomir, Vojislav (82), seinen Sohn Dragan (42), dessen Ehefrau Ljiljana (39), Tochter Milica (16) und Sohn Mark (9). Weitere Fotos und Dokumente fanden den Weg nach Dresden und zurück nach Stepojevac. Allen war klar, dass wir das Ziel erreicht und meinen Vater Vitomir Boskovic sowie seine Familie gefunden hatten. Die Indizienkette war lückenlos geschlossen. Die Fotos, die Tatsache, dass Frida mit Vitomir beim Bauern Hübner gearbeitet hatte, aber auch die Aussagen meiner Zeitzeugen in Kühnhaide, bekräftigten dies.

Was war das für erregender Moment. Auch die Familie Boskovic war sich voll im Klaren, dass nur ich der Sohn von Vitomir sei. Auch Charaktereigenschaften von beiden wurden per Internet einer „Untersuchung" unterzogen. Alles passte – ich war geradezu ein „Boskovic".

Dennoch entschieden wir uns auf Grund vergangener Erfahrungen, den DNA-Test durchzuführen. Das Sicherste war, die Identität der Y-Chromosomen der männlichen Linie festzustellen. Dazu schickte ich meine bisherigen Testergebnisse an das Belgrader Institut und Vojislav gab seine Proben am 28.12.2012 dort ab. Am Silvestertag, dem 31.12.2012 gegen 16:00 Uhr, rief mich meine Frau von zu Hause aus im Garten an und las mir eine Nachricht vor (Ich fütterte gerade unsere zahlreichen Katzen). Als ich den kurzen Inhalt dieses E-Mails, geschrieben von Milica Boskovic, vernahm, bekam ich für einen Moment einen totalen "Ausraster" und schrie meine ganze aufgestaute Spannung aus mir heraus: "Jaaaaaaa...!". Es war vollbracht und wie ein Wunder! Im Text standen in großen Lettern nur drei Worte:

Vitomir + Frida = Wolfgang

DNK d.o.o. Beograd
Svetizara Corovica 10, 11120 Beograd, Srbija / Serbia

Utvrđivanje srodstva

Laboratorijska oznaka: 12.1560
Datum izdavanja nalaza: 31.12.2012.

Klijent

Ljiljana Bošković

Adresa: Race Terzić 1
Mesto: 11 564 Stepojevac
Kontakt: 062 81 40 888

Uzorci

Broj	Donor	Tip	Datum uzimanja
1.	Vojislav Bošković	Bukalni bris	/

Komentar

DNK d.o.o. Beograd ne garantuje za identitet osobe koja se testira.

Opis analize

Utvrđivanje srodstva – utvrditi da li je osoba čiji je uzorak obeležen sa „Vojislav Bošković" u srodstvu sa osobom čiji je uzorak obeležen sa „Wolfgang Petzold" po direktnoj muškoj liniji.

Metoda

Za izolovanje DNK iz uzoraka korišćena je standardna metoda Qiagen ekstrakcije. Amplifikacija standardnog seta STR lokusa za humanu identifikaciju rađena je PCR metodom korišćanjem komercijalnog kita AmpFISTRYfiler (Applied Biosystems). Detekcija amplifikovanih segmenata DNK rađena je na ABI 3130 (Applied Biosystems) genetičkom analizatoru.

Matični broj: 20479086   Račun broj: 170-30906780001-41   Tel: +381 (0)11 218 2133   info@dnk.rs
PIB: 105871658   Unicredit Bank Srbija a.d. Beograd   Fax: +381 (0)11 328 9256   www.dnk.rs

DNA-Ergebnis von Vojislav - Vorderseite

DNK
centar za genetiku

Rezultat

Rezultati analize DNK bioloških uzoraka su dati u sledećoj tabeli:

	Vojislav Bošković 12.1560.1	Wolfgang Petzold
DYS456	15	/
DYS389I	13	13
DYS390	24	24
DYS389II	32	32
DYS458	17	/
DYS19	16	16
DYS385a	14/15	14/15
DYS393	13	13
DYS391	11	11
DYS439	12	12
DYS635	23	/
DYS392	11	/
YGATAH4	11	/
DYS437	15	15
DYS438	10	10
DYS448	19	/

Na osnovu poređenja dobijenih DNK profila Y hromozoma utvrđeno je da osoba čiji je uzorak obeležen sa „Vojislav Bošković" i osoba čiji je uzorak obeležen sa „Wolfgang Petzold" imaju isti DNK profil Y hromozoma na 11 preklapajućih lokusa.

Mišljenje

Na osnovu dobijenih rezultata zaključuje se da osoba čiji je uzorak obeležen sa „Vojislav Bošković" jeste u srodstvu sa osobom čiji je uzorak obeležen sa „Wolfgang Petzold" po direktnoj muškoj liniji.

dr Bojana Panić
dipl molekularni biolog

Svetlana Dodić
dipl molekularni biolog

Matični broj: 20479086   Račun broj: 170-30006788001-41   Tel: +381 (0)11 218 2111   informacije@dnk.rs
PIB: 105875658   Unicredit Bank Srbija a.d. Beograd   Fax: +381 (0)11 334 9250   www.dnk.rs

Ergebnis des Tests

Von den getesteten 11 Positionen waren alle identisch. Ich hatte meinen Vater und meine neue Familie Boskovic gefunden.

In diesem Moment war ich der glücklichste Mensch auf Erden.

Soldbuch von Vitomir Boskovic

Mein Vater Vitomir als junger Soldat

Wir nutzten die kommenden Wochen, um uns noch intensiver über unsere Familien auszutauschen und planten schon die erste Zusammenkunft in Serbien. Alle Familienmitglieder der Boskovics kramten Erinnerungen, alte Unterlagen und Fotos hervor. Eine Unmenge von Namen, Geburtsdaten, Orten, Verwandtschaftsbeziehungen u.a.m. gingen übers Internet. Letztendlich hatte ich einen Fundus von etwa 40 Personen. Es blieb mir nichts anderes übrig, als alles in einer Art Tabelle

zusammenfassen. Das half mir sehr, um einigermaßen in der Struktur der Familie Bescheid zu wissen.
Hier ein Auszug daraus:

Olivera (+ 2009) – meine Schwester
Slobodan * 1950   Dobrosav * 1953
Predrag * 1975 Ivan * 1978
Duzan   * 2000

Milunka (2002) – meine Schwester
Radoslav (1954)   Ranka (1962)

Milos (1984)   Marja (1989)   Ivana(1984) Mladena (1987)
oo Marija   oo Miroslav   .

Nina (2012)   Andrea   Aleks
Lena (2012)   (2010)   (2012)

Vojislav (80) – mein Bruder
Duzanka (1970)
Zeljiko (1966)
John (18)
Dragan (1972)
Ljiljana (1975)
Milica (14)
Mark (8)

Milena (75) – meine Schwester
Daca (1970)
Maja (1976)
Miljan
Andrej (9)
Andjelko (8)

Milka (75) - meine Schwester

Marijana (1961)
Aleksandar (1955)
Igor (30)
Filip (28)
Gordana (1964)
Dragoljub (1955)
Aleksandar (22)

Ich bin ehrlich; auch heute noch muss ich überlegen, wer zu wem gehört, selbst alle Namen sind mir nicht immer sofort verfügbar. Aber das war das kleinste Problem.

In der Zwischenzeit versuchte ich, noch Genaueres über andere "Serbenkinder" in Kühnhaide zu erfahren. Nach vorsichtigen Schätzungen müssen es zwischen 10 und 20 gewesen sein, denn durch vorliegende Erkenntnisse von Nachfahren und Enkeln einiger Serben ist diese Anzahl gerechtfertigt. Auf dem Foto "Heuernte" wird ersichtlich, weshalb die Gefangenen bei den Frauen "einen Stein im Brett" hatten.
Die eigenen Männer befanden sich im Krieg oder waren gefallen. Es wurde berichtet, dass die Serben eine sehr arbeitsame und zuvorkommende Art besaßen. Oftmals stellten sie das "Ersatzoberhaupt" in den Bauernfamilien dar. Sie aßen mit am Tisch (wenn Kontrollen kamen, wurden sie schnellstens in ein anderes Zimmer verfrachtet) und organisierten zum großen Teil die Arbeit auf den Höfen und Feldern. Untergebracht hatte man sie zentral in einem ehemaligen Stall, den sie aber zum Ende des Krieges nicht immer als Unterkunft nutzten, weil sie vielfach gleich auf den Höfen in der Scheune oder im Stall nächtigten.

In allen Medien, in denen meine Geschichte veröffentlicht wurde, betonte ich immer, dass mich weder Groll noch sonstige negativen Gefühle beherrschen, sondern ich spreche voller Hochachtung von den Männern und Frauen, die sich in solch einer schlimmen Zeit nahe gekommen sind und verneige mich vor ihrer Menschlichkeit! Einzig meine Mutter muss sich den Vorwurf gefallen lassen, dass sie es niemals schaffte, mir die Wahrheit zu erzählen. Spätestens nach dem Tod meines Vaters Rudolf 1984 hätte sie es noch tun können. Mein Vater Vitomir hat damals noch gelebt (bis 1993).

Selbst als Offizier der NVA hätte ich sicher eine Möglichkeit gehabt, ins damalige Jugoslawien zu reisen, um meinen Vater und seine Familie kennenzulernen. Denn wer eine intakte Familie hatte, dem wurden durchaus solche Reisen gestattet.

Noch einige Gedanken zu meinen Eltern:

Im Nachhinein, nach fast 70 Jahren und Kenntnis dieser Geschichte, kann ich manche Lebenssituationen meiner Kindheit und Jugend von einem anderen Blickwinkel aus betrachten. So wunderte ich mich oft, dass meine Mutter sehr nervenkrank war, obwohl ich keinen Anlass dazu sah. Heute weiß ich, dass der Auslöser in diesem Geheimnis um meine Herkunft bestand, welches meine Eltern ein Leben lang bewahrten und mit ins Grab nahmen. Jetzt erst konnte ich mich wieder daran erinnern, wie meine Mutter Anfang der 50 er Jahre mehrere Suizidversuche unternommen hatte. Ich hatte damals solche Situationen als Kind von 7 Jahren hautnah miterlebt. Aber erst vor vier Jahren, bei der Recherche zu meinem ersten Buch, kamen all die schrecklichen Erinnerungen zurück.

Ich wuchs sehr behütet auf, kann aber nun Situationen in meinem Leben deuten, die wahrscheinlich ursächlich mit der Liason von Vitomir und meiner Mutter Frida in Zusammenhang zu bringen sind. Warum z.B. nahm mich mein Vater nie in den Arm oder reagierte ungewöhnlich streng auf kleine "Kinderstreiche"? Die Frage danach, weshalb Rudolf meine Mutter damals nicht verließ, ist relativ einfach zu beantworten. In der Zeit des Nationalsozialismus wäre diese Liebe als Verbrechen geahndet worden und durch eine Trennung hätte sich alles offenbart.

Es gibt auch in Kühnhaide und Umgebung Beispiele, wo die Beteiligten erschossen oder ins Konzentrationslager gebracht wurden. Hellmut Kunz erzählte mir solch eine Geschichte, die mich fassungslos machte.

Beim Bauern Bach arbeitete Miodrag Mitrovic (Nr.12 auf dem Foto). Da die Serben vom Roten Kreuz Carepakete (aus England und den USA) erhielten, waren die jungen Mädchen und Jungen scharf auf den „Inhalt". Schokolade und Kaugummi waren für viele ein Fremdwort in dieser Zeit. Ein junges 14-jähriges Mädchen hatte es ganz besonders auf ihn abgesehen. Wenn aber nichts mehr zu verteilen war, hat sie es dennoch mit „Annäherung" versucht. Da aber Miodrag seine Frau und Familie daheim in Serbien liebte, blitzte dieses Mädchen jedes Mal ab. So erzählte es Helmut. Er wusste nur, dass Miodrag plötzlich verschwunden war. Viel später stellte sich heraus, dass er mit einer falschen Aussage verleumdet worden war. Sie hatte behauptet, dass sie von ihm vergewaltigt worden sei. Es war eine „Retourkutsche", die ihm vielleicht das Leben gekostet hat. Es wurde vermutet, dass Miodrag in ein Lager gebracht worden war.

Dieses Mädchen ist nach dem Krieg verschwunden. Eine Frau aus Kühnhaide nannte auch ihren Namen; sie wohne irgendwo in Westdeutschland. Wahrscheinlich ist sie aus Scham von zu Hause weggegangen. Ich wollte während meiner Nachforschungen für meinen Vater auch das Schicksal von Miodrag Mitrovic aufklären, bin aber irgendwo auf der Strecke geblieben. Vielleicht hole ich das noch nach.

Der dritte von links ist Miodrag Mitrovic

Wenn ich mir diese Geschichte verinnerliche, so ist doch mein Vater Rudolf in meinen Augen der eigentliche Held in meinem

Leben! Er hat von der Beziehung meiner Mutter zu dem Serben Vitomir Boskovic gewusst. Es ist auch nicht auszuschließen, dass Radojica Miljkovic (Zeppelin) mit ihr enger befreundet war. Die Tatsache, dass er ab etwa 1944 von dem Kommando in Kühnhaide nach Zwönitz zum Schneider Arnold „versetzt" wurde, lässt die Vermutung zu, dass er aus der „Schusslinie" genommen werden musste.
Vielleicht hatte mein Vater Rudolf eine Aktie daran; er kannte doch viele im Ort (durch den Turnsport, als Zimmermann usw.)

Schneiderei Arnold in Zwönitz am Markt
Winter 1944/1945

Schon im Frühjahr 2013 wurde ich zum ersten Besuch meiner neuen Familie nach Stepojevac eingeladen.
Die Vorbereitungen in Serbien liefen von Januar bis April 2013 auf Hochtouren. Es gab viel zu organisieren. Vor allem meine Nichte Marijana Djukanovic (52) aus Belgrad, die Boskovics aus Stepojevac sowie die Journalisten Maja Anastasievic und Svetlana Palic setzten sich zum Ziel, mir einen angenehmen Aufenthalt in Serbien zu ermöglichen. Ilse konnte leider nicht mitkommen, da wegen unserer Vierbeiner jemand zu Hause sein musste. Deshalb kam sie auf die Idee, dass ich mit unseren Jungs Robert (50) und Sascha (42) nach Belgrad fliegen könnte, zumal ich mit ihnen noch niemals allein irgendwohin verreist war. Es sollten wunderschöne Tage in Serbien werden.

Erster Besuch in Serbien bei meiner neuen Familie Boskovic

Es gibt kaum geeignete Worte, die auch nur annähernd meine Gefühle wiedergeben können, die mich nach der Rückkehr aus Serbien bewegten.
Diese sechs Tage gehörten mit zu den schönsten und emotionalsten in meinem bisherigen Leben. Mit Recht kann ich behaupten, dass ich noch einmal geboren wurde.

Ich will versuchen, die einzelnen Tage Revue passieren zu lassen, um einen kleinen Eindruck zu vermitteln, wie ich meine neue Familie in Serbien kennengelernt habe.

In Übereinstimmung mit allen Beteiligten wurde die Reise für den 25. bis 30. April 2013 geplant. Bereits Ende Januar hatte

Ilse die Übernachtungen im Hotel "Konak Knezevina" in Vranic bei Belgrad gebucht.

Es waren drei herrliche Einzelzimmer für Robert, Sascha und mich, pro Person 90 Euro für 5 Nächte mit Frühstück. Für unsere deutschen Verhältnisse ein Peanuts. Die Entfernung zu Belgrad beträgt ca. 30 km und zu Stepojevac 11 km. Sofort wurden auch alle Flüge bei Germanwings gebucht.

Nach Kenntnis dieser Daten begann meine neue Familie ihrerseits mit der Planung unseres Aufenthaltes. Meiner Nichte Marijana war es ein Bedürfnis, unseren Aufenthalt von Anfang bis Ende zu organisieren und uns als Begleiterin zur Verfügung zu stehen. Sie bewies wahres Talent und meisterte diese logistische Herausforderung exzellent. Alle Familienmitglieder wurden mit einbezogen, so dass wir auch deren Lebensbedingungen kennenlernen konnten.

Sascha, Robert und ich am Belgrader Flughafen

Daca und Marijana begrüßen uns am Flughafen

Meine liebe Familie Boskovic in Stepojevac

Milena, Vojislav, ich und Milka

Meine Geschwister und ich in Stepojevac

Meine hübschen Nichten Duzanka, Marijana, Maja und Daca

Grab von Vitomir und Andelija

Das Grab von Vitomir und Andelija in Stepojevac

Unsererseits begannen wir mit der Beschaffung "kleiner Gast-geschenke" für die große neue Familie, die auf mehr als 40 Personen angewachsen war. Am Ende hatten wir Mühe, diese "Kleinigkeiten" in einem großen Koffer und einer Reisetasche zu verstauen. Die Zollbestimmungen mussten ja auch einge-halten werden. Hier eine kleine Auswahl unserer Geschenke:

Das "Abenteuer" konnte also beginnen!

Der Wetterbericht für den Großraum Belgrad sagte für unseren Aufenthalt Temperaturen um die 30 Grad voraus; und so kam es auch.

Am 25.April landeten wir nach der üblichen Prozedur am Flughafen Dresden und in Belgrad gegen Mittag in der serbischen Hauptstadt. Es standen zur Abholung bereit: Meine Nichte Marijana (52), ihr Mann Alexandar (57), Nichte Daca (42), die Journalisten Svetlana Palic, Maja Anastasjevic (Dolmetscherin) von der Zeitschrift "blic", ein Fotoreporter und ein Kraftfahrer dieser Zeitung. Bereits hier erhielten wir die ersten Eindrücke von der großen Gastfreundschaft.
Jeder wurde serbisch geküsst. Gute Freunde und Familienmitglieder küsst man in Serbien dreimal auf die Wange. Mit drei Fahrzeugen ging es zuerst ins Hotel nach Vranic zum Einchecken und Umpacken der Geschenke. Am Hotel warteten bereits noch andere Familienmitglieder. Ich konnte zum ersten Mal meine Schwester Milena (75), ihre Tochter Maja (37) und ihren Mann Miljan (38) in meine Arme schließen. Diesen ersten Kontakt mit meiner Schwester werde ich so schnell nicht vergessen. Wir lagen uns lange in den Armen; Tränen flossen beiderseits. Es war so, als hätten wir uns nur lange nicht gesehen.

Dann ging es gegen 14:00 Uhr mit vier Fahrzeugen und insgesamt 13 Personen ins 11 km entfernte Stepojevac, dem Heimatort meines Vaters Vitomir und seiner Familie. Das Haus meines Vaters befindet sich weitab von der Hauptstraße, nur über holprige Feldwege zu erreichen, aber umgeben von einer herrlichen grünen Landschaft .

Am Haus, inmitten von Wiesen, Bäumen, Schafen, Hunden, Schweinen und jungen Gänsen, begrüßten uns ca. 20 weitere Familienmitglieder.

Was dann geschah, nachdem wir ausstiegen und uns der Familie meines Vaters näherten, wurde mir erst später so richtig bewusst. Zuerst begrüßte ich meinen Bruder Vojislav (80) und meine andere Schwester Milka (75). Sie ist die Zwillingsschwester von Milena.
Das Schicksal wollte es so: Ich habe eine Schwester verloren (Inge) und drei Geschwister dazubekommen.

Man kann nur erahnen, was in diesem Moment in uns vorging. Es gab wahre Gefühlsausbrüche. Ich glaube, dass mein Bruder Vojislav am meisten erregt war. Er konnte es wegen einer überstandenen Krankheit nur nicht so zeigen.

Dann wurden wir der Reihe nach allen anderen Familienmitgliedern vorgestellt; und das alles nach serbischem Ritual. Danach reichte man einen Begrüßungstrunk. Es waren selbstgebrannter Raki und für alle Nichttrinker alkoholfreie Getränke. Nun suchten sich alle im Garten eine Sitzgelegenheit unter den Bäumen und wir führten sofort rege Gespräche. Da Maja Anastasjevic (Dolmetscherin) und meine Nichte Daca deutsch sprachen, verlief die Begrüßung unkompliziert. Maja war aber nur am ersten Tag anwesend, Daca konnte auch nicht immer um uns sein, deshalb verständigten wir uns dann in der Hauptsache auf englisch. Am besten konnten sich Marijana und Sascha damit ausdrücken. Meine Sprachkenntnisse lagen weit zurück, so dass bei der Englischkonversation viele russische Vokabeln auftauchten, die aber von den meisten verstanden wurden; natürlich unter großer Heiterkeit. Dieses gesamte Sprachengewirr nannten wir "Esperanto".

Das große Ereignis des Tages stand aber noch bevor: Der Besuch am Grab meines Vaters Vitomir. Gegen 18:00 Uhr begaben wir uns auf den Weg. Er führte über schmale Asphaltstraßen und Feldwege zum nahe gelegenen "Friedhof"; mit unseren Friedhöfen nicht vergleichbar. Die Gräber befinden sich auf freiem Feld, inmitten von Sträuchern, Bäumen und hohem Gras. Das Gemeinschaftsgrab von Vitomir und seiner Frau Andelija ist aus schwarzem Marmor und machte einen sehr gepflegten Eindruck. Umringt von allen Familienmitgliedern und der Presse legte ich ein schönes Blumengebinde und einen Blumenstrauß nieder (beides hatte das Hotel besorgt).

Es war wiederum ein bewegender Augenblick. Ich nahm mir aber vor, am nächsten Tag noch einmal allein zum Grab zu gehen. Einige Reihen weiter legte ich dann noch am Grabstein der Mutter von Vitomir, meiner Großmutter Spasenija, Blumen ab.

Zum Haus von Vitomir zurückgekehrt, wurde die Feier fortgesetzt. Der Familienkreis und die Gäste nahmen an einer festlich und reichlich gedeckten Tafel Platz; der Hauptgast (ich) immer an der Stirnseite. So geschah es auch an den folgenden Tagen bei unseren Besuchen. Man erzählte, diskutierte und fotografierte viel. Ein vielsprachiges, orientalisch anmutendes Stimmengewirr erfüllte stets den Raum. Mittelpunkt war aber immer die Tatsache, dass ich meine neue Familie gefunden hatte. Alle waren überaus glücklich darüber.

Ich möchte nicht ausführlich beschreiben, welche herrlichen Leckereien und Getränke serviert wurden. Das Ganze zog sich mindestens zwei Stunden hin. Maja und Svetlana ("blic") mussten sich verabschieden, weil auf sie am Freitag ein langer Arbeitstag wartete. Wir haben uns getrennt wie gute alte Freunde. Ich glaube, das sind wir auch in den letzten Monaten geworden, denn sie haben mir beim Auffinden meines Vaters sehr geholfen.

Dragan (Sohn von Vojislav), Ljiljana (seine Frau), Milica und Mark zeigten uns das Haus, den Hof und alle Tiere (Schafe, Schweine, junge Gänse, zwei Hunde, die immer um uns waren). Diskussionsgruppen, fast jeder mit einem Glas oder Teller voller Leckereien in den Händen, verteilten sich im Haus und im Garten. So ging der erste Tag dem Ende entgegen, und wir wurden sehr spät abends ins Hotel gefahren. Überglücklich aber hundemüde fielen wir in die Betten. Wir hatten eine Gastfreundschaft erfahren, die unbeschreiblich war. Ein großes Erlebnis für mich und meine Söhne.

Zweiter Tag (26.April):

Um 09:00 Uhr Frühstück im Hotel (mit allem Drum und Dran), 10:00 Uhr Abfahrt für mich nach Stepojevac zu meinem Bruder (mit Duzenka und ihrem Mann Zeljiko) und für Robert und Sascha standen Marijana und Aca (Alexandar) zu einer Tour nach Belgrad bereit. Am späten Nachmittag kamen auch sie müde aber glücklich in Stepojevac an.

Gleich nach der Ankunft bat ich darum, das Grab meines Vaters noch einmal aufsuchen zu dürfen. Ganz alleine, konnte ich nun in Ruhe meinen Gefühlen freien Lauf lassen. Es war für mich ein sehr bewegender Augenblick. Mittags hatte sich kurzfristig der Fernsehsender "PRVA" (wie ARD in Serbien) in Stepojevac angesagt. Obwohl wir vorher nichts davon wussten, mussten wir einfach in dem großen Trubel "gute Miene zum Spiel machen".
Es wurden dann aber sehr interessante Stunden daraus, in denen wir unsere Englischkenntnisse wiederum auffrischen konnten (das Abitur lag genau 50 Jahre zurück, sprachliche Klasse mit Englisch, Russisch, Latein).

Nochmals brachte man mich zum Grab meines Vaters zu Fernsehaufnahmen. Englische und deutsche Statements von mir waren Anfang Mai im serbischen Fernsehen zu sehen.

Am Nachmittag folgte gemeinsam mit Milica, John und Dragan ein Besuch der Schule von Milica und Mark. Die Direktorin, die Geschichtslehrerin und der Englischlehrer begleiteten uns durchs Schulhaus. Die Glasvitrine, in der Milica historische Stücke von Vitomir (Erkennungsmarke, Dokumente usw.) ausgestellt hatte, wurde von der Direktorin geöffnet, damit ich alles fotografieren konnte.

Milica, ich, die Direktorin und Dragan

Mit dem Englischlehrer vereinbarten wir telefonischen Kontakt nach meiner Rückkehr, um weitere Details über die Gefangenschaft der vier aus Stepojevac stammenden Soldaten auszutauschen. Diese sollten dann für den Geschichtsunterricht verwendet werden.

Weiter ging es zum Kriegerdenkmal von 1912 - 1919, wo auch einige Boskovics verewigt waren. Danach folgte der Besuch der orthodoxen Kirche von Stepojevac, ebenfalls ein schönes Erlebnis. Im Übrigen habe ich dort erfahren, dass der Schutzheilige der Fam. Boskovic der „Heilige Georg" ist (demzufolge auch meiner).

Dragan vor dem Kriegerdenkmal 1912 – 1919

Mein Schutzpatron „Heiliger Georg"

Im Anschluss spazierten wir durch die "Innenstadt" an der Stammkneipe meines Vaters Vitomir vorbei (viele Anekdoten wurden erzählt). Ausgerechnet dort stolperte ich und fiel der Länge nach auf "die Nase". Dies gab natürlich ein großes Gelächter und alle meinten: "Na, wenn das kein Wink von oben war!" Vitomir, Frida und Rudolf hätten beim Skatspielen im Himmel verhindern wollen, dass ich in die Kneipe gehe. So haben alle „geflachst".

Durch Wald und Flur ging es zurück zu den anderen wartenden Verwandten.

Es folgte ein Treffen mit Vuka Solaja, der Tochter von Vlastimir Jovanovic (einem meiner vermeintlichen Väter), im Gehöft von Dragan Vrancevic, etwa zehn Minuten von den Boskovics entfernt.

Leider konnten wir nur etwa eine Stunde im Haus und Garten dort verweilen, weil uns die Familie zurückerwartete. Vuka ist eine wunderbare Frau aus Belgrad, die mit mir einen kurzen Spaziergang zum Haus ihres Vaters Vlastimir unternahm. Sie umarmte und küsste mich immer wieder. Gern wäre sie meine Schwester gewesen. Eigentlich war ich bei all solchen Situationen wie in einem Ausnahmezustand. Bei dieser Gelegenheit erfuhr ich auch, dass Vlastimir Jovanovic in Kühnhaide während seiner Gefangenschaft ein Verhältnis mit einer Maria Spicka (Polin) gehabt haben soll. Dies war ein weiterer interessanter Aspekt für meine Recherchen in Kühnhaide. Leider konnte ich später in Kühnhaide keine Spur von ihr finden, auch weil es zusätzlich zu den serbischen Gefangenen viele Fremdarbeiter und später Flüchtlinge im Ort gab.

Der frühe Abend wurde im Freien mit dem Genießen von vielen Speisen und Getränken verbracht. Man versuchte uns zu überreden, über Nacht zu bleiben. Unsere Argumente (anstrengender nächster Tag) waren letztendlich stärker. Von allen wurde uns das Versprechen abverlangt, so bald als möglich wiederzukommen und insbesondere wollten sie Ilse dabeihaben. Vor allem Daca hatte Ilse ins Herz geschlossen, obwohl sie nur ihre Stimme kannte.

Der Abschied von Stepojevac war wiederum sehr tränenreich (keiner schämte sich seiner Freudentränen). Wir waren gegen 21: 00 Uhr zurück im Hotel. Aus dem kurzen "Absacker" in der Hotelgaststätte wurde ein langer Abend, voll von Emotionen der vergangenen Stunden. Außerdem hatte ich noch Gelegenheit, mit meinen "Jungs" über viele familiäre Dinge zu sprechen, die sie noch nicht kannten, vor allem aber über meine negativen Seiten aus früheren Jahren. Sie hatten aber Verständnis. Ich kann behaupten, dass diese Reise auch dazu beitrug, unsere eigene Familie zu festigen.

Dritter Tag (27.April):

Er war vollgepackt mit vielen Vorhaben. Zuerst der Besuch in Milenas Wohnung in Belgrad (Hochhaus); schöne Wohnung, sauber, altersgerecht, mit Kinderzimmer für die Kinder von Maja (Andrej und Andjelko). Dann folgte das Essen in einer Gaststatte, das meine Schwester Milka und ihr Freund ausgerichtet hatten. Hier verlebten wir auch schöne Stunden. Sascha, Robert, Aca, Miljan und die zwei Kinder Andrej (8) und Andjelko (9) haben das Fußballspiel von Roter Stern (Red Star) angesehen. Auch hier schlugen die Emotionen sehr hoch, vor allem wegen der Stimmung im Stadion (Böller u.a.). In der Zwischenzeit besuchten wir mit Marijana, Milena und Daca das Zweithaus von Marijana in Obrenovac. Im Anschluß ging es zu Maja (37, die jüngste Nichte von mir) nach Hause. In einem neu erbauten Haus begrüßten uns Maja und die Eltern ihres Mannes. Überall wurden wir herzlich aufgenommen. Bei Kaffee und Kuchen habe ich allen Anwesenden noch einmal meine unglaubliche Story in Englisch vorgetragen. Alle hingen interessiert an meinen Lippen und lauschten meinen Ausführungen. Maja kniete wie gebannt vor mir. Gegen 21:00 Uhr begab ich mich mit Marijana auf den Weg in ihre Stadtwohnung (exklusives Haus auf einer Anhöhe in Belgrad). Allerdings war um diese Zeit Belgrad dermaßen verstopft, so dass wir ziemlich lange brauchten, um dort anzukommen. Es wurde sich noch rege unterhalten, das Haus gezeigt und natürlich gegessen und getrunken. Gegen Mitternacht brachte uns Ace zurück ins Hotel. Ein kurzer Absacker und schnell ging es ins Bett, denn der nächste Tag sollte ebenfalls sehr intensiv werden.

Vierter Tag (28.April):

Wieder zeitiges Aufstehen, Abfahrt 09:00 Uhr nach Sevojno bei Uzice, 150 km und 3 Stunden entfernt vom Hotel, Fahrt durch eine herrliche Landschaft (Mittelgebirge, 511 m üN) zur Familie von Sasa Jovanovic (Enkel von Velizar Colic) und Sohn von Kose (72) Jovanovic. Im Auftrag dieser Familie hatte ich die Suche nach dem Kind von Velizar in Kühnhaide aufgenommen.
Es wurden herrliche 5 Stunden mit diesen überaus herzlichen Menschen. Die Rückfahrt gestaltete sich auf Grund eines Batterieschadens am Auto etwas schwierig. Wir waren aber gegen 20:30 Uhr im Hotel und konnten die vergangenen Tage noch einmal an uns vorbeiziehen lassen.

Fünfter Tag (29.April):

Vormittags hielten wir uns noch einmal in Stepojevac für knapp zwei Stunden auf, um uns von allen zu verabschieden. Wie von Geisterhand herbeigezaubert kamen nochmals Journalisten und Kameraleute von "VESTI" (von der "Frankfurter

Allgemeinen"). Dadurch geriet die nachfolgende Planung etwas ins Wanken. Höhepunkt an diesem Vormittag war das Kennenlernen der Zwillinge Nina und Lena (15 Monate), Urenkel meiner verstorbenen Schwester Milunka (2002+) und die Kinder von Milos und Marija.

Die letzte Verabschiedung von meinen Geschwistern werde ich wohl für immer in Erinnerung behalten. Es fehlen mir einfach die richtigen Worte, um meine Gefühle zu beschreiben. Meine Söhne haben das ebenso empfunden. In dieser Abschiedsstunde ist mir endgültig klar geworden, dass ich nun auch meine Familie in Serbien gefunden habe.

Am Nachmittag (15:00 Uhr) waren wir bei Branislava (50) und Natalija Miljkovic in Belgrad für 3 Stunden eingeladen. Es sind dies die Töchter von Radojica Miljkovic, welcher auch mit meiner Mutter befreundet war und deren DNA-Tests mit mir negativ ausfielen. Ich besuchte sie schon im Jahr 2012. Da mich sehr viel mit den Miljkovics bei der Suche nach meinem Vater verbindet, hatte ich den Kontakt zu ihnen aufrechterhalten.

Es waren Stunden der Erinnerung, der Freude über das Wiedersehen und der Freundschaft.

Daca holte uns gegen 18:00 Uhr bei den Miljkovics ab und wir fuhren zu ihr nach Omoljica, wo sie mit ihrem Lebensgefährten Pavle (66) wohnt. Wieder einige Raki und Omeletts und andere Leckereien! Dann fuhr sie uns zurück ins Hotel. Gegen 23:00 Uhr ein letzter Absacker, eine kurze Auswertung des Tages. Damit ging unser Trip nach Serbien dem Ende entgegen.

Letzter Tag (30.April) – Abflug:

Um 09:00 Uhr war die Abfahrt zum Airport geplant. Wir verabschiedeten Marijana mit einem wunderschönen roten Rosenstrauß und würdigten damit ihre "herausragenden organisatorischen und logistischen Meisterleistungen". Sie war uns eine liebe Begleitung in diesen 5 Tagen.

Unterwegs zum Flughafen stieß Aca, ihr Mann, dazu. Wir setzten uns noch eine Stunde in ein wunderschönes Café, um uns dann gegen 11:00 Uhr auf dem Airport zu verabschieden. Im Flugzeug hing jeder von uns Dreien seinen eigenen Gedanken nach. Wir haben uns kaum unterhalten. Die Eindrücke dieser Tage waren so überwältigend, dass sie uns sprachlos machten.

Fazit:

Für mich werden es unvergessliche Tage bleiben. Ich kann nicht mit Worten ausdrücken, was ich während unseres Aufenthaltes in Serbien bei meiner neuen Familie empfunden habe.

Stellvertretend für mich lasse ich an dieser Stelle die Journalistin Maja Anastasjevic zu Wort kommen, die mir nach unserer Rückkehr noch eine E-Mail schrieb:

"Es war auch für mich ein wunderschönes Erlebnis. Ich hätte nicht gedacht, dass mich das alles so tief berühren wird. Es ist einfach toll, dass alles so gut geendet hat".

Und Daca, meine Nichte, brachte es auf den Punkt (in Originalfassung):

"Unser lieber Wolfgang,
unsere liebe Ilsa, Robert und Sasa mit Familien,
Vielen Dank, dass Sie berichtet, dass Sie zu
Hause angekommen. Ich bin froh, dass Sie sich
über die neue Familie positive sagen. Nochmals

vielen Dank für mich und die ganze Familie Sie schon persistent haben Ihre Wurzeln finden, vor allem dank so mitgebracht Söhne. Vom ersten Moment an, und (Serbian) küssen mit Ihnen, wir fühlten uns Nähe. Ich bin sehr froh, dass Sie einen Wunsch, wieder nach Serbien haben. Unmittelbar nach Ihren Anruf heute habe ich meine Mutter angerufen und vermittelt ihre Grüße. Sie sagt, Sie zu begrüßen. Es war ihre Nachbarin zu Kaffee und sprachen über dich, Robert und Sasa. In der Tat, ihr Sohn lebt in New York und Videos im Internet Lebensgeschichte und Familie Petzold und Boskovic.

Er erkannte die Mutter und reagierte sofort, und andere in New York zu sehen. So tourt unser gemeinsames Schicksal durch die Welt. Denn wer weiß, wie sehr die Welt ähnliches Schicksal hat, aber nur wenige haben die Chance, Wille und Ausdauer um zur Wahrheit zu gelangen, und drucken Sie eine neue Seite in seiner Umwelt Bücher. Noch einmal danke ich Ihnen von meiner Familie in unsere Leben.

Ich wünsche Ihnen allen eine gute Gesundheit und viel Glück.

Ich kisse und ich liebe die ganze Familie.

Ihre Daca."

Marijana, Ilse, ich und Alexandar (Sasa)

Nathalie, Ilse und Marijana

Abenddämmerung in unserem Garten

Nathalie und Marijana beim Zwingerbesuch

Diese Worte meiner Nichte Daca ließen mich nachdenklich werden, aber auch sehr froh und zuversichtlich sein, alle bald wiederzusehen.

Bereits während unserer Zeit in Serbien hatten sich weitere Kontakte mit meinen Verwandten angekündigt. Marijana und ihr Mann Alexandar waren bekannt für ihre Touren als "Weltenbummler". Deshalb planten sie auf Grund unserer Einladung auch einen Besuch bei uns in Dresden während ihrer Durchreise nach Prag. Roberts Familie und wir nahmen uns vor, auch diesen Besuch zu einem Erlebnis werden zu lassen. Ende Juli 2013 trafen sie an einem Freitagabend nach einer zwölfstündigen durchgehenden Autotour von Belgrad kommend in Dresden ein.

Vor dem Hotel „Academy" mit Marijana und Ace

Im Hotel "Academy", unweit unseres Wohnhauses, bezogen sie Quartier. Wir verbrachten dann bei uns und in Roberts Wohnung einen wunderschönen Abend zusammen. Es war erstaunlich, wie wir in einem relativ kleinen Kreis über viele interessante familiäre Dinge sprechen konnten. Englisch, Russisch und "Gesten" waren die vorherrschenden Sprachen. Dabei ragte insbesondere unsere Enkelin Nathalie (13) heraus, die nun ihre Sprachkenntnisse praktisch anwenden konnte. Erst spät abends fuhren wir Marijana und Aca wieder ins Hotel.

Es war herzerfrischend, wie man sich begrüßte und verabschiedete. Natürlich mit dem nun schon bekannten serbischen "3-mal-Kuss"!

Robert, Katrin und Nathalie zeigten ihnen dann am nächsten Tag die kulturellen Sehenswürdigkeiten Dresdens. Trotz der hohen Temperaturen wurde das "Kulturprogramm" absolviert. Den Abend verbrachten wir dann wieder gemeinsam in einem griechischen Restaurant und in unserem Garten.

Ilse und ich unternahmen danach, es war schon ziemlich spät, mit unseren lieben Serben eine kleine Rundfahrt durch Dresden und Umgebung. Sie waren begeistert, wie schön die Stadt bei Nacht ist, aber auch die umliegenden Dörfer mit ihren Wäldern und Auen hatten es ihnen sehr angetan.

Der nächste Tag sollte etwas kürzer verlaufen. Roberts Familie fuhr mit unserem Besuch nach Moritzburg. Die Natur und die Architektur wären faszinierend, so unsere serbischen Verwandten! ...und vor allem alles überaus sauber.

Diesen Tag ließen wir dann gemeinsam im Dresdner "Brauhaus" ausklingen.

Die Gelegenheit, etwas mehr über das Leben und den Charakter meines Vaters Vitomir zu erfahren, war günstig.

Marijana hat ihn bis zu ihrem 30.Lebensjahr näher kennengelernt und einige köstliche Episoden zum Besten gegeben.

Seine Enkel Duzanka, Dragan, Daca, Maja, Marijana, Gordana, Slobodan, Dobrosav, Radoslav und Ranka waren gern bei ihm in Stepojevac, tobten mit ihm auf dem Bauernhof umher, fuhren mit dem Pferdewagen und dem Traktor. Er war sehr kinderlieb und mochte Tiere, hauptsächlich Katzen. Er sei ein überaus fleißiger Mensch gewesen; von früh bis spät auf den Beinen.

Die Geschichte während der Gefangenschaft verzieh ihm seine Frau Andelija aber nie ganz. Wenn er krank war, hätte sie z.B. Folgendes geäußert: "Geh' zu Frida nach Deutschland und lass' dich pflegen!"

Marijana sprach aber auch von einem kleinen Laster:

Vitomir ging nach getaner Arbeit öfters in seine Stammkneipe, die 10 Minuten entfernt war, trank dort einige Bier und kam aber wieder ordentlich nach Hause. Das sei dort so Tradition gewesen, sagte sie. Sicherlich hatte ich das Biertrinken durch die serbischen Gene auch von ihm geerbt.

Der Abschied von Marijana und Aca verlief wieder sehr emotional. Rasend schnell verging die Zeit, die wir füreinander hatten.

Im Frühjahr 2014 zog in mein Leben so langsam wieder die Normalität ein. In den vergangenen zwei Jahren befand ich mich gewissermaßen in einem Ausnahmezustand. Jeden Tag gab es neue Erkenntnisse, die von überdimensionalen Emotionen begleitet wurden. Das begann schon früh am Morgen, da das Internet "befragt" wurde und endete meist spät in der Nacht. Ich kann mit Fug und Recht behaupten, dass mein Leben einen neuen Sinn bekommen hat. Da mein Schicksal durch Fernsehen und Presse auch der Öffentlichkeit nicht verborgen blieb, meldeten sich bei mir etliche Personen, die Ähn-

liches erlebt hatten, aber ihren Vater bisher ebenfalls vergeblich suchten. Ihnen war sehr an meinem Rat und der Vermittlung von Erfahrungen gelegen.
(siehe Kapitel 5)

Man könnte meinen, dass damit nun meine Geschichte ein würdiges Ende gefunden hat. Dem ist eigentlich auch so, aber es gibt immer noch offene Fragen nach den deutschen Kindern von Velizar Colic, Vlastimir Jovanovic und einigen anderen. Auch der Vater von Anneliese, Zivko Jovanovic, ist noch Gegenstand meiner Recherche. Wir möchten wissen, was aus ihm geworden ist. Zivko wollte nach dem Krieg zu seiner Freundin und der gemeinsamen Tochter zurückkehren. Wir fanden aber heraus, dass dies im damaligen Jugoslawien verboten war. Briefe an die Stadtverwaltung in Krusevac blieben bislang unbeantwortet.
Erfolg hatten wir bei der Suche nach dem Sohn von Milan Precanica. Auch fand ein Kriegsgefangenenkind die Familie seines französischen Vaters.

Zu den meisten unserer neuen serbischen Verwandten besteht jetzt ein ganz normaler Kontakt per Telefon, Internet oder Skype; es werden Neuigkeiten ausgetauscht, Geburtstagsgrüße geschickt und erwidert. Vor allem mit unseren serbischen Freunden, der Familie von Sasa Jovanovic aus Sevojno bei Ucize, pflegen wir eine rege Verbindung.
Wir haben viel Spaß beim Skypen oder wenn E-Mails ausgetauscht werden. Unsere beiden Familien zeichnet eine Gemeinsamkeit aus: Die Liebe zu den Tieren und zur Natur.
Erwähnenswert ist folgende Episode:

Auf Fotos stellten wir uns gegenseitig unsere Tiere vor. Neben Hunden und Katzen tauchten bei Jovanovics auch zwei wunderschöne weiße Entchen auf, welche unzertrennlich waren.

Wir schlugen vor, diesen die Namen "Frida" und "Vitomir" zur Erinnerung an unsere Geschichte zu geben.

Eine grandiose Idee! Man versprach uns, dass beide nicht das Schicksal von allem Federvieh ereilt, sondern sie einen Sonderstatus erhalten und ein langes Leben genießen können. Wenn Ankica erzählt, wie anhänglich beide sind, geht einem das Herz auf. Sie begleiten "ihr Frauchen" auf deren Erdbeer- und Gemüseplantage den ganzen Tag und sind die Lieblinge der Familie geworden. Anfang des Jahres 2015 kam noch Großmutter „Spasenija" dazu.

Frida und Vitomir bei den Jovanovics
in Sevojno

Alle drei vereint. Vorn Großmutter „Spasenija"

Im Jahre 2008 ließen wir im Findlingspark Nochten für unsere Enkel einen Spitzahorn pflanzen und daran ein Schild anbringen.

Unser Familienbaum in Nochten

Seitdem fuhren wir jedes Jahr dorthin und statteten unserem Baum in dieser herrlichen Natur einen Besuch ab. Als im Jahre 2012/13 eine ganz neue familiäre Situation für uns entstand, beschlossen wir, auch unsere Eltern auf diesem Schild zu verewigen.

Jetzt fanden Ernst und Irma Schluttig, Frida und Rudolf Petzold und mein Vater Vitomir Boskovic ebenfalls einen Platz für die Ewigkeit.

Vitomirs letztes Foto

Mit dem letzten Foto vor seinem Tod im Jahre 1993 möchte ich meinem Vater Vitomir ein ehrendes Andenken bewahren. Er war bereits sehr krank.

"Lieber Vitomir, ich bin dir und meiner Mutter Frida dankbar, dass ihr euch gefunden hattet, denn sonst würde es mich nicht geben. Ich bedaure es sehr, dass wir uns nicht kennenlernen durften."

Die erfolgreiche Suche nach meinem Vater Vitomir Boskovic sollte eigentlich mit meinem ersten Buch „Jahrgang 44" über mein Leben einen würdigen Abschluss finden. All diese aufwändigen Recherchen, Fernsehbeiträge und Zeitungsinterviews wollte ich hinter mir lassen, um meine innere Ruhe wiederzufinden. Ich weiß aber jetzt, dass dies nicht so funktioniert.
Es werden in meinem Herzen immer Wünsche nach mehr Informationen aufkeimen. Wenn mich andere Betroffene um Mithilfe bitten, komme ich nicht umhin, meine eigene Geschichte zu reflektieren. Vor allem deshalb, weil ich an ein Grundrecht jedes Menschen denken muss, welches besagt, dass ihm keiner seine Wurzeln vorenthalten darf.

Aus diesem Grund zögerte ich auch nicht lange, als der MDR an mich herantrat und darum bat, zum Abschluss meiner Suche noch einmal einen Fernsehbeitrag an Ort und Stelle in Kühnhaide zu drehen.
Am 13.September 2013 trafen wir uns einen ganzen Tag dort zu Probeaufnahmen. Für mich noch einmal ein emotionaler Höhepunkt, denn ich habe alle Orte, an denen mein Vater Vitomir arbeitete, wo er sich mit Frida traf und ich sicherlich

entstanden bin, erstmals selbst in Augenschein nehmen können. Alle Freunde aus Kühnhaide und Umgebung waren anwesend und kamen auch zu Wort.

Vielen Dank euch, lieber Frieder Schneider (hatte die Gefangenen als ganz kleiner Junge kennengelernt, sie waren im Stall seines Hauses untergebracht; leider 2015 verstorben), lieber Helmut Simon und Hellmut Kuntz, liebe Gisela, Anneliese, Andrea Hübner und allen anderen Freunden. In diesem Bauernhaus (in der Scheune) begann vor etwa 70 Jahren eine deutsch-serbische Liebe. Seit all diesen Jahren hat sich an diesen Gebäuden kaum etwas geändert. Ein Blick in das Innere der Scheune lässt ahnen, was damals vor sich gegangen sein muss. Es atmet ein Stück Geschichte. Bei meinem Verweilen darin muss etwas ganz Seltsames in mir vorgegangen sein. Ich kann es aber nicht beschreiben. Sicherlich Glücksgefühle und Trauer zugleich (himmelhoch jauchzend, zu Tode betrübt); ich gebe zu, es flossen Tränen.

Vermutlich bin ich hier entstanden, im Hof des Bauern Hübner

Am 23.September wurde im MDR in der Rubrik "Hier ab Vier" der Drei-Minuten-Beitrag gezeigt. Ein wunderschöner Beleg für diese unglaubliche Geschichte. Seither sprachen mich viele Menschen in meinem Umfeld darauf an. Alle gaben sie zu verstehen, dass mein Leben etwas ganz Außergewöhnliches zum Ausdruck brachte, nämlich, dass es für viele Dinge im Leben eigentlich gar keine Erklärung gibt, etwas, das außerhalb unserer Vorstellungskraft abläuft; was immer es auch sein möge.

Zum 106.Geburtstag meines Vaters Vitomir Boskovic, am 27.September 2013, luden meine Frau und ich alle Beteiligten, die an der Suche nach meinem Vater wesentlichen Anteil hatten, zu einem Treffen nach Zwönitz/ Kühnhaide, ein. Im Café am Markt in Zwönitz, in der Nähe von Zeppelins (Radojica Miljkovic) Schneiderei Arnold, ließen wir alle Stationen unserer unglaublichen Suche Revue passieren. Es wurde ein wunderschöner Nachmittag, der mit dem Versprechen endete, uns recht bald wieder zu sehen.

Zum 106.Geburtstag
von Vitomir Boskovic

Da mein Buch „Jahrgang 44" für unsere Verhältnisse recht gute Verkaufszahlen erreichte (es waren in den 7 Monaten des Jahres 2014 immerhin 350 Stück), haben meine Frau und ich uns ernsthaft Gedanken darüber gemacht, über welche Medien wir noch Werbung für unsere Anliegen, nämlich das Aufbrechen von Tabus beim Thema „Kinder von Kriegsgefangenen", machen könnten.

Wir konnten uns nicht einfach damit abfinden, dass ein solch wichtiges Thema in Vergessenheit gerät. Die Sächsische Zeitung und die Freie Presse waren die einzigen, die noch einmal meine Geschichte den Lesern in Erinnerung brachten. Wir mussten Möglichkeiten finden, um das Fernsehen, Filmemacher, Regisseure, Drehbuchautoren u.a.m. für unsere Idee zu begeistern. Das ist leichter gesagt als getan.

Wir haben bekannte, weniger bekannte und noch unbekannte Experten dieser Branche kontaktiert. Alle haben uns auch bestätigt, dass der Stoff sehr viel hergibt, um einen Dokumentar- oder auch Spielfilm zu drehen. Nur eine Äußerung eines Regisseurs für Dokumentarfilme (seinen Namen möchte ich nicht nennen) soll belegen, in welcher Liga man sich in diesem Geschäft bewegt. Er sagte: „Wenn Sie eine Million Euro vorschießen, kann man einmal über solch ein Projekt nachdenken; es sei denn, Sie haben einen Namen in dieser Branche!".

Dennoch gab es bereits im Jahre 2013 Fernsehaufnahmen für den „Sachsenspiegel" des MDR. Dieser Beitrag von vier Minuten wurde durch die Fernsehjournalistin Frau Römer-Menschel mit ihrem Team hier in Dresden Klotzsche gedreht.

Er berichtete von der Vorbereitung auf meine erste Reise nach Serbien.

Weiterhin habe ich über die Journalisten Maja Anastasjevic und Svetlana Palic in Serbien versucht, einen Verlag zu finden. Es war hoffnungslos. Selbst ihre Zeitung „blic" und der dafür zuständige Axel-Springer-Verlag machten einen Rückzug. Dabei hatte Maja, die eine exzellente Dolmetscherin ist, den gesamten Abschnitt (70 Seiten) ins Serbische übersetzt und zwar gänzlich kostenlos.

Bei den Dreharbeiten zu dem Kurzbeitrag für das MDR in Kühnhaide im September 2013 lernte ich den Regisseur Falko Schuster kennen. Mit seiner „Newsdoc3GmbH" in Leipzig dreht er Dokumentarfilme für das MDR-Fernsehen. Er hatte erkannt, welches Potential meine Thematik hatte und meldete mich kurzerhand beim MDR in Leipzig für die Sendereihe „Unter uns" an.

MDR-Fernsehen „Unter uns"

Keiner hatte so recht daran geglaubt, dass ich eine Chance hatte, in solch einem Forum aufzutreten. Zwei Wochen vor Beginn der Sendung, die am 28.11.2014 in der zweiten Abendhälfte stattfinden sollte, bekam ich die Einladung zugeschickt, als Gesprächsgast in der Media City Leipzig im Studio 3, teilzunehmen. Die Sendung sollte von 19.30 Uhr bis 21.30 Uhr aufgezeichnet werden, um dann ab 22.00 Uhr auf Sender zu gehen. Ich wurde gebeten, wenn möglich mit eigenem Kfz bis gegen 16.00 Uhr anzureisen, um dann 17.30 Uhr die Kameraprobe mit allen Beteiligten durchzuführen. Die zwei Moderatoren Axel Bulthaupt und Griseldis Wenner hatten insgesamt 8 Gesprächspartner zu Gast, die sich in der Runde vorstellten. Ich kann mich erinnern, dass es ein sehr kalter Novembertag war, der mir aber ein einmaliges Erlebnis bescherte. In meiner Einladung war die Zufahrt zur Tiefgarage skizziert, die aber leider an diesem Tag wegen Reparaturarbeiten geschlossen hatte. Nachdem ich mehrere Male das große Objekt umrundet hatte, fuhr ich entnervt in eine Nebenstraße. Unter den neugierigen Blicken der Anwohner habe ich mich gleich auf der Straße umgezogen und bin dann sofort ins Studio gegangen. Da ich viel zu früh dort war, konnte ich mich ein wenig mit den Räumlichkeiten (Studios u.a.) vertraut machen. Gegen 16.00 Uhr wurden alle ins Aufnahmestudio geführt und jedem wurde sein Platz zugewiesen, den er während der Sendung einnehmen sollte. Bei dieser Gelegenheit wurden die Kameras und Mikrofone in die richtige Position gebracht. Jeder musste ein paar Sätze sprechen. Mit mir hat sich Axel Bulthaupt etwas länger unterhalten, weil er noch einige Hintergrundinformationen benötigte. Bereits zu dieser Zeit herrschte schon eine positiv angespannte Atmosphäre, die sich natürlich bis zur Aufnahme noch verstärkte. Leider hatte ich das Pech, den letzten Beitrag zu gestalten; wahrscheinlich als Zugpferd, denn ich war im Fernsehprogramm oft angekündigt worden. Da noch ein Gesprächspartner aus einer vergangenen Sendung hinzukam, gerieten die Moderatoren unter Zugzwang, so dass mein Beitrag etwa nur fünf Minuten dauerte. Vom Eintreffen im Studio bis zu meinem Beitrag war ich über fünf Stunden in einer emotionalen Ausnahmesituation. Das äußerte sich auch dahingehend, dass bei meinen letzten Sätzen meine Stimme am Versagen war. Es hat aber wohl keiner mitbekommen. Jedenfalls hatte ich mich akribisch vorbereitet. Leider wurde mein Beitrag in gedrängter Form den Zuschauern gezeigt. Ich glaube aber, dass meine Geschichte trotz der Umstände Anklang und Interesse bei den Zuschauern fand. Gegen Mitternacht trafen sich alle Beteiligten noch kurz in der Kantine, sind aber auf Grund der fortgeschrittenen Zeit und der körperlichen Erschöpfung recht bald auseinandergegangen. Zwei Wochen später bekam ich die DVD zur Sendung zugeschickt. Viele, die die Sendung gesehen hatten, bescheinigten mir eine hohe Aussagekraft und bedauerten, dass der Beitrag gekürzt wurde. Eine Verwandte hat einige Fotos von dieser Sendung „geschossen":

Griseldis Wenner und Axel Bulthaupt mit mir im Gespräch

... es gab auch was zum Schmunzeln....

WOLFGANG PETZOLD
FAND DIE FAMILIE SEINES LEIBLICHEN VATERS IN SERBIEN

... Nachdenklich ...

Noch Tage nach dieser Sendung wurde ich von etlichen Menschen meiner Umgebung angesprochen. Grundtenor war, dass meine Problematik, dass es ein Recht eines jeden Menschen ist, seine Wurzeln zu kennen, gut angekommen ist. In einigen Fällen musste ich aber mit einem Irrglauben aufräumen, dass man ja durch Fernsehen, Zeitung und Buchherausgabe eine Menge Geld verdiene. Hier auch noch einmal Klartext: Für die Fernsehsendung gab es 200 Euro Honorar plus Fahrtkosten, für jedes verkaufte Buch bekomme ich 1,06 Euro und für alle Zeitungsartikel ein Gratis-Dankeschön. Ich muss aber hier betonen, dass die monetäre Seite für mich kaum Bedeutung hatte, weil mein Anliegen darin bestand und auch noch besteht, Mut zu machen für andere Menschen, die ein ähnliches Schicksal erlebten.

Mit dieser Fernsehsendung befand ich mich eigentlich auf dem Höhepunkt meiner Recherchen. Ich hatte fast alles erreicht, was ich wollte, nämlich meinen Vater und meine serbische Familie zu finden. Die Suche nach meinem vermeintlichen Bruder in Kühnhaide habe ich zwar noch nicht aufgegeben, forciere sie aber auch nicht, weil ich dort kaum mehr jemanden finde, der Auskunft geben könnte oder aber auch möchte.

Die ersten Monate des Jahres 2015 waren durch die Vorbereitungen auf den zweiten Besuch bei meiner serbischen Familie geprägt.

Der zweite Besuch bei meiner serbischen Familie

Inzwischen waren wieder mehrere Monate ins Land gegangen. Die Erinnerungen an meine neue Familie und die Sehnsucht, Serbien als zweite Heimat kennenzulernen, waren ungebrochen in meine Gedankenwelt eingegraben.

Im Vordergrund stand jedoch die Frage, wie kann ich gemeinsam mit meiner Frau Ilse die Reise nach Serbien antreten. Immer wieder musste ich den Verwandten erklären, weshalb das gemeinsame Unterfangen so schwierig war. Sie konnten einfach nicht verstehen, dass man unsere Tiere nicht für ein paar Tage allein zurücklassen bzw. die Fürsorge anderen Menschen überlassen kann.

Erst als ich den komplizierten Charakter unserer alten afghanischen Hündin „Cloé" ins Gespräch brachte, kam mir ein gewisses Verständnis entgegen.

So hatten wir uns durchgerungen, dass ich auf Grund unserer Situation diese Reise alleine antreten sollte. Deshalb war es ein Glücksfall, dass Bogdan und Duzan (Zwillinge und die Onkels meiner Nichte Daca) mich bei der Vorbereitung und Durchführung unterstützen wollten.

Beide waren in den 60er Jahren nach Deutschland ausgewandert und hatten hier in Reutlingen ihr Glück in Form von den zwei Schwestern Helga und Gitta gefunden. Bogdan und Duzan sind Seelen von Menschen, wie ich sie nur sehr selten getroffen habe.

Meinen Vorschlag, den Besuch zum orthodoxen serbischen Ostern Mitte April durchzuführen, fanden sie nicht sehr toll, aus zweierlei Gründen.

Erstens haben die serbischen Familien an diesen Tagen überhaupt keine Zeit. Sie sind mit der überaus umfangreichen Vorbereitung der Feiertage voll ausgelastet.

Zweitens sei in dieser Zeit das Wetter für Besucher überhaupt nicht geeignet. Diesem Argument musste ich mich anschließen. Sie haben dann mit mir den Termin Mitte Mai festgelegt, weil in dieser Zeit in Serbien der Sommer seinen Einzug hält. Dem war auch so, und wir entschieden uns für den 14. bis 19.Mai. Insbesondere Bogdan hat mich bei der Vorbereitung sehr unterstützt.

Er bot mir an, mich bei allen Fahrten durch Serbien zu begleiten (mit seinem eigenem Fahrzeug). Er hatte bereits einen Tag vor mir die Reise nach Belgrad angetreten. Mir war sehr daran gelegen, meinen Verwandten in Serbien nochmals einige meiner grundsätzlichen Standpunkte darzulegen.

Es durften keine Unklarheiten herrschen, und das wäre mit meinen Sprachkenntnissen in Englisch und „Google-translate" durchaus der Fall gewesen.

Ich wollte nochmals klarstellen, dass ich keinerlei Ambitionen auf irgendwelche Erbschaften und dergleichen habe. Mir ging es nur darum, meine wunderbare Familie näher kennenzulernen. Auch die Problematik „Geschenke" habe ich mit seiner Hilfe geklärt. Außerdem wollte ich mich auch an den Ausgaben für die Festlichkeiten beteiligen. Weiterhin war es seine Aufgabe, meinen Geschwistern klarzumachen, dass für mich nur eine Hotelübernachtung in Frage käme.

Dieses Ansinnen konnten sie natürlich überhaupt nicht verstehen, denn es gehört zur serbischen Gastfreundschaft, dass man im Haus des Gastgebers nächtigt. Bogdan hat aber auch dies gerichtet, und alle haben dann meine Wünsche akzeptiert.

Die Grobplanung hatten wir bereits Ende Dezember 2014 abgeschlossen. Meine Reisedokumente musste ich noch vervollständigen; d.h. ein neuer Reisepass und ein neuer Personalausweis mussten ausgestellt werden (beide waren abgelaufen).

Die Flugtickets habe ich aus Kostengründen ebenfalls Ende des Jahres 2014 noch gebucht; auch die Hotelbuchung für das Hotel „Knezevina" in Vranic bei Belgrad war bereits unter Dach und Fach. Mit der Familie waren alle Termine bestens abgestimmt; die einzelnen Tage und Highlights waren durchgeplant. Sehr erleichtert war ich über die Tatsache, dass die Problematik „Geschenke" für diesen Besuch geklärt war.

Nur ein paar Kleinigkeiten für die Kinder hatte ich besorgt. Meinen Geschwistern Milka, Milena und Vojislav wollte ich mit einem schönen Blumenstrauß, den ich bereits vorher im Hotel per E-Mail bestellt hatte, eine kleine Freude machen.
Übrigens haben mir die Hotelangestellten förmlich jeden Wunsch von den Lippen abgelesen. Auch waren die Preise sehr moderat (für fünf Übernachtungen mit Frühstück insgesamt 90 Euro). Die Telefonrechnung des Hotels war höher als meine Übernachtungskosten. Dabei habe ich meist nur zu Hause in Deutschland angerufen. Die Tarife waren erstaunlich: eine Minute kostete über einen Euro.

Für die Chronik hier die Stationen einer sehr emotionalen Reise in meine Vergangenheit und Zukunft.

Donnerstag, 14.Mai 2015:

09.55 Uhr: Abflug vom Flughafen Dresden über München nach Belgrad; Ankunft gg. 14.40 Uhr. Nach den Formalitäten, Aushändigung des Gepäcks und Bargeldumtausch bewegte ich mich zum Ausgang.
Wie immer in solchen Situationen, wenn viele Menschen versammelt sind, konnte ich nur mit Mühe bekannte Gesichter erkennen.

Ace, Duzan, ich, Bogdan und Marijana

Dann aber hatte sich die „Verwandtschaftsdelegation" ein wenig abseits begeben, so dass ich alle begrüßen konnte.
Marijana, Ace, Bogdan und Duzan war diese Aufgabe zuteil
geworden. Sie begrüßten mich nach allen Regeln der serbischen Gastfreundschaft.
Viele Küsse und Umarmungen wurden ausgetauscht. Ich
fühlte mich willkommen bei meiner serbischen Familie.

Anschließend fuhren wir gemeinsam zur Wohnung meiner
Schwester Milena ins Zentrum von Belgrad. Sie wohnt in einem Hochhaus mit einem Komfort aus den 50/60 er Jahren,
d.h, vieles ist renovierungsbedürftig.
Der Fahrstuhl war aber noch in Ordnung und brachte uns in
die schöne und altersgemäß eingerichtete Wohnung.
Für die Enkel Andrej und Andjelko war ein extra Kinderzimmer
zu Besuchszwecken vorhanden. Die helfenden Hände ihrer

Töchter Daca und Maja, die sie betreuten, waren unverkennbar. Alles war sehr ordentlich.

In der Wohnung angekommen, erwarteten uns neben Milena Tochter Marija mit Ehemann Miljan, Tochter Daca mit Pavle und Milka.
Es fehlte nur die „Stepojevac-Connection" um Vojislav, die wir ja später besuchen wollten.

Eine umfangreiche serbische Speisen- und Getränkefolge begann. Das war aber nur der Anfang meiner fünf „Schlemmertage". Alles äußerst schmackhafte Speisen, meist selbst hergestellt, selbstgebrannter Raki und natürlich zum Glück viele nichtalkoholische Getränke.

An den Tafeln früherer Herrscher hat man einfach das Tischtuch samt aller darauf befindlichen Reste angehoben; hier wurde auf die Schnelle auch Neues aufgetischt. Am Schluss immer etwas sehr lecker Gebackenes. Dem konnte ich mich beim besten Willen nicht entziehen.

Es wäre einer Sünde gleichgekommen, all diese Speisen nicht zu sich zu nehmen. Dabei habe ich mitbekommen, dass jede Familie, jeder Haushalt andere Spezialitäten auftischte.
Ich habe niemals in diesen Tagen etwas Gleichartiges gegessen. Jeder hatte sein eigenes Rezept. Was mir ein wenig fehlte, war unser Brot; immer Weißbrot !

Alle Anwesenden haben sich rege unterhalten, wobei Bogdan und Duzan fleißig übersetzten. Mit Daca konnte ich ein wenig

…bei Milena zu Gast …

Duzan, Bogdan, ich und Ace

deutsch sprechen, ansonsten englisch oder auch etwas russisch. So vergingen die Stunden und Bogdan fuhr mich dann am Abend ins Hotel. Ein wunderschöner, aber anstrengender Tag ging seinem Ende entgegen, nicht ohne noch einmal die Gastfreundschaft des Hotels in Anspruch zu nehmen. Ich war so aufgekratzt, dass ich noch nicht schlafen gehen konnte. Stattdessen waren es noch einige Tassen Kaffee, die den Schlaf bringen sollten !!!

Freitag, 15.Mai 2015:

Die große Zusammenkunft mit der gesamten Familie sollte ab 14.00 Uhr in Stepojevac (11 km vom Hotel entfernt) bei der Familie meines Bruders Vojislav stattfinden. Bereits gegen 11.00 Uhr holten mich sein Sohn Dragan und Ehefrau Ljiliana und Bogdan mit Dragan vom Hotel ab. Nach einem kurzen Getränk im Hotel und der Übergabe der Blumen durch das Hotelpersonal ging es zuerst auf meinen ausdrücklichen Wunsch hin noch einmal an das Grab meines Vaters Vitomir in Stepojevac.

Dragan, Dragan, Ljiliana und Bogdan

Immer, wenn ich am Grab meines Vaters Vitomir stand (das war bis jetzt vier mal der Fall), habe ich alles und alle um mich herum ausgeblendet. Irgendwie war ich nur mit der Geschichte von Vitomir, Frida und mir beschäftigt. Solch eine Wehmut kann man kaum in Worten wiedergeben. Dann war ich beiden in diesem Moment sehr nahe, aber für mich immer noch unfassbar, dass ich das Ergebnis dieser Liebesgeschichte war und noch dazu das bestgehütetste Geheimnis durch puren Zufall gelüftet habe. Wir haben uns etwa zwei Stunden auf dem Friedhofsgelände aufgehalten und dabei auch die vielen Gräber meiner anderen Verwandten besucht. Ich komme aber auch nicht umhin, von einem Kuriosum zu berichten, das es so bei uns in Deutschland nicht gibt. Radoslav, geb. 1954, hatte sich auf dem Grabstein seiner Frau

Danka (gestorben 2009) bereits mit seinem Foto verewigt. Ich war so erschrocken, als ich sein Bild bemerkte, denn ich wusste ja, dass er noch lebte. Am Nachmittag war er dann auch sehr vergnügt zur Familienfeier erschienen. Das ist in Serbien so üblich, dass man sich bereits zu Lebzeiten dort neben seinen Angehörigen mit verewigt.

Radoslavs Grabstelle neben seiner Frau Danka

Am Nachmittag fand sich die gesamte Familie vollzählig bei Vojislav in Stepojevac ein. Ich hatte dieses Mal das große Glück, ein wenig inkognito dort zu weilen, denn weder Zeitung, Fernsehen noch andere Bekannte aus dem Ort und der Umgebung waren zu meiner Begrüßung angetreten. Wir waren also in wunderbarer Art und Weise unter uns. Da das Wetter sich von seiner besten Seite zeigte, fand alles im Freien statt. Auch alle Tiere des Hofes und der Nachbarn waren mit dabei. Das Hündchen „Njuschka" hatte es mir besonders angetan.

Ein Teil der Familie Boskovic

Geschwister   Trojka Mark, Milica, John

Tafelrunde

Vojislav, Milica und ich

Da Ilse bald ihren 70.Geburtstag zu Hause in Deutschland feiern würde, hatten wir uns etwas Besonderes ausgedacht. Marijana hatte eine Riesentorte (etwa 80 x 60 cm) gebacken, mit der Aufschrift „Für Ilse zum 70.Geburtstag" Diese brachte sie nach Stepojevac mit, wo wir sie genüsslich gemeinsam verspeisten, nachdem wir vorher ein Grußvideo gedreht hatten, in dem alle Anwesenheiten zu Wort kamen (in deutsch, englisch und serbisch). Mittendrin war dieses wunderschöne Meisterwerk von Marijana zu sehen. Radoslav (der Sohn meiner verstorbenen Schwester Milunka, + 2002) hatte mich noch gebeten, sein Haus und seine Familie, die auch in Stepojevac lebt, unbedingt zu besuchen. Ich wusste, dass ich diese Geste beim besten Willen nicht ausschlagen konnte, so dass wir versprachen, „vorbeizukommen", obwohl meine zeitlichen Reserven so gut wie aufgebraucht waren; warteten doch noch eine Menge anderer Besuche auf mich.

Gegen 20 Uhr verabschiedeten wir uns alle voneinander nach serbischer Art und ab ging es ins Hotel. Von Ausruhen keine Spur; bei einem ausgedehnten Spaziergang in der Umgebung des Hotels ließ ich die Ereignisse des Tages noch einmal Revue passieren. Um die „Horizontale" einzunehmen, war ich zu sehr aufgekratzt. Gegen 23 Uhr beeendete ich den Tag mit einem starken Kaffee inklusive einiger Leckereien, die mir der freundliche Kellner noch kredenzte.

Der nächste Tag war wieder voll gespickt mit Begegnungen.

Sonnabend, 16. Mai 2015:

Die Fahrt ging ins etwa 150 km entfernte Sevojno (bei Uzice), ein kleines Dorf im Mittelgebirge, wo meine liebe Familie Jovanovic wohnte und eine Erdbeer-, Himbeer- und Gemüseplantage betrieb. Ace (mit seinem Auto), Dragan und Bogdan begleiteten mich dorthin. Wir fuhren gegen 10 Uhr vom Hotel ab, weil wir 14 Uhr erwartet wurden. Vorsichtshalber hatte ich einen zeitlichen Rahmen von maximal 3 Stunden vorgegeben, was nicht besonders bei den Jovanovics ankam. Um aber alle Termine wahrzunehmen, blieb mir nichts weiter übrig, denn wir mussten auf der Rückfahrt ja auch noch einen Abstecher bei Radoslav machen. Kurzum, es wurde wieder ein wunderschöner Nachmittag im Kreise meiner Freunde, der Familie Jovanovic (Sascha, Ankica, Mutter Kose, die Kinder Sandra und Miroslav und Natascha, eine Verwandte). Von den aufgetischten Speisen und Getränken kann man nur schwärmen. Höhepunkt war wieder eine Riesentorte mit viel Sahne, frischen Erdbeeren und anderen Leckereien. Zu den Gästen gesellten sich noch Vater und Sohn des Nachbarn, die lange in Deutschland gelebt hatten und auch viel erzählen konnten. Dabei kamen aber immer wieder die Schwierigkeiten, die in Serbien zu überwinden sind, ins Gespräch. Obwohl begeistert von Deutschland, möchten die meisten von ihnen in ihrer serbischen Heimat bleiben.

Vitomir (mein Vater), Frida (meine Mutter) und Großmutter Spasenja, die ewig Lebenden

Ein Teil der Familie Jovanovic

German-Connection in Sevojno

Auf mein Drängeln hin fuhren wir pünktlich eine Stunde später wieder in Richtung Stepojevac/Belgrad. Am frühen Abend erreichten wir, ziemlich erschöpft, das Haus von Radoslav.

Wir blieben etwa eine Stunde, genossen kurz die Gastfreundschaft (wieder mit leckeren Speisen und Getränken) und wurden verabschiedet mit einer weiteren Einladung für den nächsten Vormittag.

Das war insofern möglich, da wir erst am Nachmittag in Belgrad bei der Familie Miljkovic erwartet wurden.

In meinem Kopf ging alles drunter und drüber. Wie sollten wir dem gerecht werden, um keinen zu vernachlässigen?

Wenn wir pünktlich waren, konnten wir jeden für ein paar Stunden besuchen. Aber das ist so eine Sache in Serbien.

Am späten Abend fuhren wir zurück ins Hotel, mit einem wirklich kurzen Abstecher bei Vojislav in Stepojevac.

Diesmal hatte ich nur eins im Sinn: „Die Horizontale".

<u>Sonntag, 17.Mai 2015:</u>

Für 15 Uhr hatten uns die Miljkovics nach Belgrad eingeladen. Nachdem durch die DNA-Tests erwiesen wurde , dass ihr Vater Radojica (Zeppelin) leider nicht mein Vater war, hatten wir fortan regen freundschaftlichen Kontakt mit der Familie von Natalija und Branislava.

Sie haben mir das Versprechen abgenommen, bei jedem Serbien-Besuch auch bei ihnen vorbeizuschauen. Sie wären auch gern meine Geschwister gewesen, zumal wir viele Gemeinsamkeiten aufzuweisen haben.

Für den Besuch bei Radoslavs Familie blieb mir nur ein Zeitfenster von maximal 3 Stunden, also von 10 Uhr bis 13 Uhr. Deshalb ging es zeitig los. Bereits 09 Uhr erschienen Dragan,

Ljiljana, Milica und Mark bei mir in der Hotelhalle. Zum Kaffee-trinken kamen wir nicht mehr (ich hatte aber bereits gefrüh-stückt), so dass wir umgehend die Fahrt zur Familie von Ra-doslav (das sind sein Sohn Milos und Schwiegertochter Ma-rija, deren Zwillinge Nina und Lena und die andere Tochter Marija; dazu Radoslavs Schwester Ranka mit dem Sohn Ivan, der Schwiegertochter Mladena und den zwei Kindern Andrea und Alex) antraten.

Im Übrigen könnte ich die vielen Namen und Familienbezie-hungen gar nicht alle aufzählen, wenn ich nicht ständig mei-nen „Familienstammbaum" bei mir getragen hätte, den ich ver-vollständigen musste. Da die Zeit sehr knapp war, ging es um-gehend an die „Schlemmerei" oder was man auch immer für einen Ausdruck dafür gebrauchen mag. Wenn ein Gast zu Hause ist, kommt immer etwas Besonderes auf den Tisch. Ich glaube kaum, dass im Alltag die serbische Familie so viel Auf-hebens um die Mahlzeiten macht.

Teile von Radoslavs Familie und einige Gäste

Beginn einer „kalorienfreien Nahrungsaufnahme"

In diesen wenigen Stunden konnte ich mich dennoch intensiv mit Radoslav und seiner Familie unterhalten. Viele Fakten aus dem mir noch unbekannten Fundus meines Vaters Vitomir konnte er beisteuern. U.a. erhielt ich als Geschenk eine Wertmarke von Kriegsgefangenen zum freien Einkauf im Kriegsgefangenenlager (siehe Seite 16).

Die Zeit verging wie im Fluge, und Dragan brachte mich ins Hotel, wo ich mich nur kurz umkleidete, denn ich war bei diesen Temperaturen durchgeschwitzt. Außerdem wollte ich bei Frau Professor Branislava und Natalija (Gymnasiallehrerin) in Belgrad eine gute Figur abgeben.

Pünktlich 15 Uhr hatte mich Bogdan bei den Miljkovics abgeliefert. Er selbst war als Gast auch gern gesehen.

Wir wurden sehr emotional empfangen. Sofort begannen die intensiven Gespräche über das Befinden aller und Einzelheiten über den Alltag unserer Familien. Auch wurden einige Episoden nochmals zum Besten gegeben, wie wir letztendlich die Spur meines Vaters gefunden hatten. Außerdem musste ich das Versprechen abgeben, beim nächsten Besuch meine Frau Ilse mitzubringen. Wie immer bei solchen Anlässen, spielte der Wohnzimmertisch eine dominierende Rolle. Es wurde aufgetischt, was Küche, Keller und Markthalle hergaben, natürlich alles kalorienfrei, wie das Foto beweist. Aber lecker, lecker, lecker; selbst als Abschluß einer mehrstündigen Beköstigung noch immer der Höhepunkt aller lukullischen Ereignisse.

Kann man denn da nein sagen ?

„Geschwister in friendship" (li.Branislava, re.Natalija)

So haben wir uns nach den negativen DNA-Ergebnissen bezeichnet, denn wir drei wären gern Geschwister geworden. Dennoch verbindet uns irgendwie ein unsichtbares Band der Freundschaft, die durch meine These, dass „Zeppelin" doch mit meiner Mutter intensiver befreundet war, untermauert wird. Wie immer vergingen die paar Stunden wie im Fluge. Die Fahrt zurück ins Hotel übernahm wieder Bogdan. Übrigens hat man meinen Wunsch, manchmal mit dem Bus zu den Besuchen zu fahren, strikt zurückgewiesen. Bereits hier möchte ich Marijana, Ace, Dragan und Bogdan und allen anderen für ihre Hilfsbereitschaft danken. Sie fuhren mich an diesen Tagen mehrere hundert Kilometer und über Stunden hinweg durch die nähere Umgebung von Belgrad zu meinen Bekannten, Freunden und Verwandten.

Montag, 18.Mai 2015:

Der fünfte Tag meiner Reise war bereits wieder voll ausgeplant. Der Nachmittag war für einen Besuch bei Marijana und Ace in Belgrad reserviert. Am Vormittag wollte ich mich mit guten Freunden treffen; nämlich mit Velinka, Radmila und Diniku. Wir hatten als Treffpunkt das Restaurant des Hotels ausgewählt, nachdem der Vorschlag von Diniku, die 70 km entfernte Stadt Zrenjanin (wo Velinka wohnt) als Möglichkeit verworfen wurde. Bogdan hatte mich eindringlich darauf hingewiesen, dass dann alle unsere Termine an diesem Tag geplatzt wären, weil die Familie von Velinka sicher ein großes Fest für mich veranstaltet hätte. Velinka kenne ich seit über einem Jahr, aber nur durch E-Mails, Skype und Telefon. Sie hatte mich gebeten, nach ihrem Bruder Peter zu suchen. Ihr Vater Radovan Blazic war Kriegsgefangener in Oderwitz. Im nächsten Kapitel werde ich näher darauf eingehen. Nachdem sie von meinem Serbien-Besuch erfahren hatten, wollten sie mich natürlich persönlich kennenlernen. Das geschah an diesem Tag in eindrucksvoller Art und Weise. Ich habe bemerkt, dass beide Frauen (Velinka und Radmila) von meinem „Erscheinen" sichtlich beeindruckt waren. Wir lagen uns in den Armen, und es flossen auch Freudentränen.

Radmila und Velinka (von links)

Zu diesem Zeitpunkt waren alle noch guter Hoffnung, dass Velinka bald ihren Bruder gefunden hat. Leider war der DNA-Test negativ und die Suche musste weitergehen.
Für den Nachmittag hatte Marijana zum Dinner eingeladen. Ace holte mich vom Hotel ab. Da wir noch etwa eine Stunde Zeit hatten, führte er mich in den wunderschönen Naherholungspark von Belgrad. Eine herrliche Landschaft mit vielen Bäumen, verschiedenen Gaststätten und vor allem ein riesengroßer See mit einem herrlichen Sandstrand inmitten einer Großstadt .

Ace und Marijana auf dem Balkon ihrer Villa

…und wieder nur ein wenig „Gastfreundschaft"

Igor, Jelena und Nina   von einem anderen Stern,
- Marijana -

…sie wird mir dieses Foto nachsehen…

Wir nahmen außerhalb einer Gaststätte in riesigen Sesseln Platz und genossen unter südländischen Gewächsen unseren Kaffee. Nachdem Marijana per Handy „grünes Licht" für das fertige Essen gegeben hatte, sind wir umgehend in die große luxuriöse Villa gefahren. Bogdan und Dragan waren ebenfalls anwesend. Dazu gesellten sich noch die Söhne Filip und Igor, seine Frau Jelena und die 10 Monate alte „Sweety" Nina.

Wieder genossen wir die sprichwörtliche Gastfreundschaft meiner serbischen Verwandtschaft. Bogdan und Dragan überspielten gekonnt meine sprachlichen Engpässe. Kurzum: Dieser Nachmittag wird auch in schöner Erinnerung bei mir bleiben. Igors kleine Familie mit seiner wunderbaren Frau Jelena und dem kleinen Wirbelwind Nina gaben diesen Stunden einen lebendigen Rahmen.

Da Ace verhindert war, hat mich Marijana zurück ins Hotel gefahren. Noch ein kurzer „Absacker" in Form eines Kännchen Kaffees und ab ging es in die wohlverdiente Nachtruhe.

Der letzte Tag sollte, wie die gesamten vergangenen Tage meines Besuchs, mit Überraschungen beginnen.

Dienstag, 19.Mai 2015:

Diesmal erlebte ich aber eine böse Überraschung. Da ich noch keinen Koffer gepackt hatte, bin ich ziemlich zeitig aufgestanden; auch weil ich wusste, dass ich noch verabschiedet werden würde. Irgendwie war mein Kopf wie benebelt und stark intensiv-süßliche Gerüche machten sich breit. Auf und unter meinem Schreibtisch, auf dem der Fernseher stand und auch noch verschiedene Utensilien wie Wörterbücher, Waschbeutel, Brille u.dgl. herumlagen, tappte ich in eine Masse, die sich wie dünnflüssiger Sirup anfasste. Die Flasche selbstgebrannter Raki, die mir Radoslav als Abschiedsgeschenk überreicht hatte, war wohl über Nacht über sich hinausgewachsen und sicherlich ein wenig explodiert. Zum Glück hielt sich der materielle Schaden in Grenzen. Nachdem ich das meiste des übelriechenden Getränks selbst ein wenig mit Wasser und Klosettpapier beseitigt hatte, half mir eine Reinigungskraft, die Ordnung wiederherzustellen. Sie dürfte sich sicher über den 10-Euro-Schein Wiedergutmachung auf meinem von mir frisch gemachten Bett gefreut haben. In der Zwischenzeit konnte ich noch frühstücken. Danach opferte ich noch mindestens eine halbe Flasche besten Rasierwassers, so dass ich guten Gewissens mein schönes Zimmer in einem einigermaßen ordentlichen Zustand übergeben konnte.

Der letzte Tag war also angebrochen. Als Resümee konnte ich konstatieren, dass ich auch diesmal die überaus große Herzlichkeit und Gastfreundlichkeit meiner Familie und Freunde genießen durfte. Mindestens sieben Mal wurde „aufgetischt, was das Zeug hielt". Eigenartigerweise habe ich aber kein Gramm zugenommen. Der finanzielle Rahmen blieb bis auf Flug, Telefonkosten und Blumen (9 Sträuße a 10 €) im unteren Bereich. Mit großer Wehmut dachte ich daran, mich verabschieden zu müssen.

Wir hatten noch einige Stunde Zeit bis zu meinem Abflug. Marijana hatte mir für den Abschied noch eine Überraschung versprochen; es waren mehrere, aber diesmal allesamt positive. Zur Verabschiedung war ein großer Teil meiner Familie im Hotel erschienen. Zehn Mitglieder der Familie Boskovic, die mit vier Fahrzeugen angereist waren, haben mich in würdiger Form und nach guter serbischer Sitte („tyssjaci poljubaci") noch einmal in den Arm genommen. Wiederum ein herzzerreißendes Szenarium, mit vielen Tränen und guten Wünschen. Meine Schwestern Milka und Milena, die „Deutschen" Bogdan und Dragan, die Neffen Bogdan und Ehefrau Ljiljana und Radoslav mit Freundin Milena und Nichte Marijana mit ihrer Schwester Gordana gaben sich redliche Mühe, mir den Abschied schwer zu machen.

Die zweite Überraschung übergab mir Marijana. Sie hatte wichtige Dokumente für den Stammbaum meines Vaters beim Zentralarchiv in Belgrad im wahrsten Sinne des Wortes „erkämpft" (Ausführungen dazu Seite 156).

Nun wurde aber zum Aufbruch geblasen. Marijana würde mich allein zum Flughafen fahren; welche Ehre für mich !!! Nachdem das Gepäck verstaut war, konnte es losgehen. Noch einmal ein kurzer Blick zurück auf die winkende Menge und schon waren diese schönen Tage Vergangenheit. Marijana fuhr mich bis zum Eingang des Flughafens; sie stand im Halteverbot !

Aber das machte ihr gar nichts aus; viele Grüße an Ilse und drei mal küssen – weg war sie.

Ich stand da wie angewurzelt und musste mich erst noch einmal fassen. Was für wunderbare Menschen hatte ich ein zweites Mal erleben dürfen.

14.40 Uhr Flug über Züräch mit Ankunft um 19.50 Uhr in Dresden.

Zurückgekehrt in meine Heimat und zu meiner Familie, musste ich die vielen Erlebnisse und Begebenheiten erst einmal sacken lassen. Nach einigen Tagen reifte in mir die Erkenntnis, auch nach Anregung durch meine Frau, ein weiteres Buch zu schreiben, und zwar sollte es ganz allein die Thematik der Suche nach meinem Vater Vitomir beinhalten. Grundlagen hatte ich ja bereits im 7.Kapitel meines ersten Buches gelegt. Es ist unsere Überzeugung, dass diese Geschichte wohl einmalig war, vor allem wie und unter welchen Umständen sie entdeckt wurde. Das wollen wir unseren Nachfahren, aber auch der Öffentlichkeit nicht vorenthalten.

In der Zwischenzeit kam die Nachricht bei uns an, dass mein Bruder Vojislav schwer gestürzt sei und im Krankenhaus am Oberschenkel (kein Oberschenkelhalsbruch) operiert werden

musste. Nach ein paar Tagen konnte er das Krankenhaus ver-
lassen – sicher auch eine Kostenfrage – und wurde zu Hause
in Stepojevac betreut. Das war aber gar nicht so einfach zu
bewerkstelligen. Deshalb nahm Dragan ein paar Tage Urlaub.
In der Zwischenzeit hatten die Verwandten einen Heimplatz in
Obrenovac (nicht weit nach Belgrad und Stepojevac) gefunden. Es war sicherlich die beste Lösung. Im Internet konnte
ich recherchieren, dass das dortige Gerontologische Zentrum
einen sehr guten Ruf hat und die alten Menschen dort bestens
versorgt werden. Zu seinem Geburtstag habe ich meinem Bruder ein kleines Geschenk in Form eines Fotoalbums geschickt. Nach Aussagen seiner Tochter Duzanka hat er sich
sehr darüber gefreut, und alle Ärzte, Schwestern und Betreuer
waren danach über unsere wunderbare Geschichte informiert.
Sicher hat ihm das großen Auftrieb für seine Genesung gegeben. Am Tag des Geburtstags haben wir eine Telefonverbin-
dung mit dem Heim herstellen können; Vojislav wurde das Telefon ans Bett gebracht. Ilse und ich haben die Melodie „Happy
birthday to you…" geträllert und einige Sätze auf serbisch gesprochen. Er war sprachlos, nur ein herzliches „Hvala"
(Danke) brachte er noch heraus.

Ahnenforschung Familie Boskovic:

Wer sich schon einmal mit Ahnenforschung und der Erstellung
eines Stammbaumes befasst hat, der weiß, dass man kaum
ein Ende findet, weil immer mehr Personen hinzukommen; vor
allem durch das hervorragende Programm „My Heritage" aus
dem Internet begründet.
Bereits nach meinem ersten Serbien-Besuch habe ich begon-
nen, angefangen bei meinem Vater Vitomir (*1907 + 1993),
die Geschichte meiner Familie zu erforschen. Dass das aber

gar nicht so einfach zu bewerkstelligen war, konnte ich mir ein Jahr zuvor noch gar nicht vorstellen. Wie aber weiter vorgehen? Mir wurde sehr bald klar, dass es auch in Serbien bürokratische Hürden gibt, vor allem auf diesem Gebiet.

Hier einige meiner Aktivitäten:

Bereits Ende 2013 habe ich die Suche nach meinen serbischen Vorfahren forciert. Im Internet fand ich viele Hinweise, dass die Ahnengalerie weit zurückreicht und über Südosteuropa bis hin nach Österreich ins 11.Jahrhundert zurückführt. Im Süden der Tschechoslowakei existert heute noch eine Kleinstadt Boskovice mit etwa 11.000 Einwohnern, die aller Wahrscheinlichkeit um 1030 von einem Mitglied meiner Familie gegründet worden war.
Nach Kenntnis dieser Fakten war ich erst recht mit neuem Forscherdrang an diese Aufgabe gegangen. Mit einem vorgefassten Text habe ich mich an verschiedene Ämter, Kirchen und öffentl.Institutionen in Stepojevac, Lazarevac und Belgrad gewandt, indem ich darum bat, Auskünfte zu erteilen.
Lediglich mit Snezena Zivanovic aus dem Gemeindeamt in Lazarevac hatte ich mehrere Kontakte, die letztendlich in der Aussage mündeten, bei meinem nächsten Besuch persönlich vorstellig zu werden.
Auch das Personal des Hotels in Vranic hatte ich um Mithilfe gebeten. Sie hatten mit dem Priester von Stepojevac darüber gesprochen. Leider erhielt ich keine Rückantwort von der dortigen Kirche.
Auch Daca und Ljiljana hatten mehrfach vergeblich versucht, mir zu helfen.
Ich hatte das Gefühl, dass niemand von staatlicher und kirchlicher Seite gewillt war, mir Auskunft zu erteilen. Jetzt bin ich mir sicher, weshalb das so ist.
Das waren Gründe, die über 70 Jahre zurückliegen.

Dann aber habe ich meine „Geheimwaffe" oder meinen „Sherlok Holmes" ins Feld geführt – meine liebe Familie Jovanovic aus Sevojno, die federführend bei der Suche nach meinem Vater waren.

Sie schickten mir eine ganze Anzahl von Telefonverbindungen, Anschriften und E-Mailadressen von Kirchen und Institutionen.

Eine Frau Slavica Petkovic vom Kirchenamt in Belgrad übermittelte ebenfalls Kontaktinformationen. Folgendes konnte ich ermitteln:

> Für alle nach 1911 Geborenen wurde in Serbien eine Zentrale Registratur eingeführt.
> Für die vor 1911 Geborenen gab es drei Möglichkeiten:
> a) Ein Teil der Dokumente befanden sich in Lazarevac.
> b) Ein anderer Teil wurde im Standesamt Stepojevac geführt.
> c) Alles, was vor 1879 geschah, wurde im Historischen Archiv in Belgrad aufbewahrt.

Jetzt konnte Ich mir heraussuchen, welche Variante für mich in Frage kam. Lazarevac, Stepojevac und die Kirchen hatten mir ja keine Auskünfte erteilt.

Nachdem ich vom Staatsarchiv in Belgrad keine Auskunft erhalten hatte, kam meine Nichte Marijana als nächste „Wunderwaffe" ins Spiel. Mit ihrem umwerfenden Charme lässt sie alle Eisblöcke schmelzen und uneinnehmbare Festungen im Handumdrehen einnehmen.

Im Historischen Archiv von Belgrad brachte sie es tatsächlich fertig, die Boskovic-Linie bis etwa 1785 zurückzuverfolgen.

Sie erhielt sogar beglaubigte Kopien von Urkunden, obwohl der Beamte eine Generalvollmacht von mir gefordert hatte. Kurzerhand hat Marijana selbst eine Bescheinigung unterschrieben, in der sie bestätigen musste, diese erhaltenen Unterlagen nur für persönliche Zwecke zu nutzen.

Mir wurde hier klar, dass die serbischen Institutionen keine Unterlagen an Ausländer, schon gar nicht an Deutsche herausgeben durften. Die Ämter befürchten Rechtsstreits wegen Erbschaften usw. In meinem Fall aber gegenstandslos, weil ich immer erklärt habe, keinerlei Ansprüche an meinen Vater und seine Familie zu stellen.

Ein kurzer Überblick zeigt die Chronologie der Boskovics:

1. **Mein Vater Vitomir** (* 26.09.1907, + 30.04.1993)
2. **Großvater Sreten** (*04.10.1885, + 1918, gefallen ?)
3. **Urgroßvater Mihailo** (*29.10.1861, + ?)
4. **Ururgroßvater Pavle** (*1830, + 23.3.1896)
5. **Urururgroßvater Valisilje** (*1785, + 21.03.1854)

Marijana hat mir einen wahren Schatz an Dokumenten und Erinnerungsstücken übergeben können. U.a. Auszüge aus Kirchenbüchern. Von den Jovanovics erhielt ich noch dazu Geburts- und Sterbeurkunden von Vitomir und Sreten. Von meiner Familie in Stepojevac bekam ich zudem noch die Original-Fotos von mir und Frida, den Wehrpass von Vitomir und ein Nachweisbuch über gezahlte Pacht/Grundsteuer an die Gemeinde aus dem Jahre 1929 bis 1931.

Mein lieber Bogdan aus Reutlingen konnte dazu noch mit einigen Erinnerungen an Vitomir aufwarten. Im Laufe unseres Bekanntwerdens in diesen Tagen erinnerte er sich noch an viele Details. Zum Ende dieses Kapitels möchte ich einen Ausspruch ganz besonders hervorheben: *„Frida hat Vitomir gepflegt, als er am Rücken verletzt, sterbenskrank war!"*

Kapitel 5 – Man lebt nicht allein auf dieser Welt
Oder: Wie verhelfe ich anderen Menschen zu ihrem Glück.

Da ich mit meiner Geschichte zu einer Art öffentlicher Person geworden bin (Fernsehen, Zeitung, Buch), wurde ich von sehr vielen Menschen aus Serbien, Österreich, der Schweiz, Kroatien und Deutschland gebeten, bei der Suche nach ihren Vätern, Geschwistern und Verwandten zu helfen. Irgendwie war mir das auch ein inneres Bedürfnis, weil ich am eigenen Leib gespürt habe, mit welchen Hoffnungen diese Menschen auf der Suche nach ihrer Herkunft waren und sind. Hier nur ganz kurz einige meiner „Erfolge":

Frau Hildegard Wagner aus Sebnitz hat die Familie ihres serbischen Vaters **Simu Pustinja** gefunden (Bruder Branko und Schwester Milica). Sie besuchte ihre Familie in Serbien, und zu ihrem 70.Geburtstag kam eine Abordnung ihrer Familie aus Zrenjanin zu ihrer Feier. Ilse und ich waren als eingeladene Gäste mit anwesend. In die frohen Gesichter all dieser glücklichen Menschen zu schauen, hat die vielen Mühen bei der Recherche um ein Vielfaches wettgemacht.

Frau Vladislava Bogdanovic aus Bosnien hatte darum gebeten, ihren **Bruder Josef** in Österreich ausfindig zu machen. Ihr Vater **Josip Bogdanovic** war dort in Gefangenschaft und hinterließ ein Kind. Es hatte niemand mehr Kontakt gesucht, bis meine Geschichte auch in Bosnien bekannt wurde. Bereits nach einem Tag konnte ich die Verbindung zwischen den Geschwistern herstellen. Auch hier waren die Reaktionen sehr positiv und es erfolgte schon ein gegenseitiges Kennenlernen. Viele Anfragen sind z.T. noch in Arbeit, wie z.B. bei Frau **Christine Waschwill** aus Chemnitz, die ihren ukrainischen Vater **Iwan Luzenko** (*1925) sucht. Sicher werden diese Geschichten auch Gegenstand eines neuen Buches werden, zumal die wundersamsten Vorgänge die Suche begleiten (z.B. Kontakt mit den thailändischen Prinzen und dem Königshaus).

Kapitel 6 - Epilog

In den letzten vier Jahren hat sich mein Leben grundlegend verändert. Eine große neue serbische Familie ist in meinen Alltag getreten. Erst in den vergangenen Monaten ist etwas Normalität in meinen Tagesablauf gekommen. Der Tag beginnt nicht mehr nur mit dem Abrufen von E-Mails aus Serbien, sondern jetzt, da viele Unklarheiten beseitigt und die Familie aus Stepojevac und Belgrad ein fester Bestandteil meiner Familie geworden ist, widme ich mich wieder mehr anderen Schwerpunkten. Im Innersten ertappe ich mich aber immer noch, dass ein Teil meiner Persönlichkeit in meine Vergangenheit schweift. Ich stelle mir vor, wie muss es denn gewesen sein, wenn sich Frida und Vitomir in solch einer schrecklichen Zeit geliebt haben. Dann sehe ich die Fotos von dem Bauernhaus und der Scheune, in der sich alles abgespielt haben muss. Dann denke ich auch daran zurück, wie meine Suche nach meinem Vater begann und über welche Stationen ich Teilerfolge erzielt hatte, die aber immer in irgendeiner Sackgasse gelandet sind. Dass mir wieder reine Zufälligkeiten bei der Suche weiterhalfen, ist mir rationellen und materialistisch eingestellten Menschen nach wie vor ein großes Rätsel.

Das vorliegende Buch soll aber auch Anregung und Ansporn für die Menschen sein, die ein ähnliches Schicksal haben und sich noch nicht durchringen konnten, den schweren und langen Weg der Erkenntnis zu gehen. Man sollte aber immer daran denken, dass jeder Mensch das Recht hat, seine Wurzeln zu kennen. Auf dem Weg dorthin muss man oft Rückschläge einstecken. Ein Erfolg beschert einem aber ein neues Leben.

Abschließend möchte ich mich noch einmal bei meiner Frau Ilse bedanken, dass sie mir die Kraft und Unterstützung gegeben hat, mit meiner Suche nicht aufzugeben.

Quellenverzeichnis:

. S.125/126 - Fotos wurden während der Sendung des MDR
am 28.11.2014 abfotografiert

. S.22 - Grafik „Walen" aus dem Internet von „Wikipedia"

. S.33 - Zeitungsartikel aus der „Stollberger Zeitung" vom
17.11.2011

. S.44 - Auszüge aus der serbischen Zeitung „blic"

. S 45 - Artikel aus der „Stollberger Freien Presse"

. S.70,79,80 - Ergebnisse von DNA-Tests aus einem Belgrader Institut

. Alle anderen Fotos stammen aus dem persönlichen Fundus